# 陪你过秋冬

赵谦 著

山西出版传媒集团
北岳文艺出版社
BEIYUE LITERATURE & ART PUBLISHING HOUSE
·太原·

**图书在版编目（CIP）数据**

陪你过秋冬 / 赵谦著 . 一太原 : 北岳文艺出版社，2019.1（2025.4 重印）

ISBN 978-7-5378-5676-8

Ⅰ . ①陪… Ⅱ . ①赵… Ⅲ . ①短篇小说 – 小说集 – 中国 – 当代 Ⅳ . ① I247.7

中国版本图书馆 CIP 数据核字（2018）第 208919 号

书名：陪你过秋冬

著者：赵 谦

特约编辑：李 路 韩玉龙

责任编辑：李向丽

封面设计：侯 建

排版设计：侯 建

出版发行：山西出版传媒集团 · 北岳文艺出版社

地址：山西省太原市并州南路 57 号 邮编：030012

电话：0351 – 5628696（发行部）

0351 – 5628688（总编室） 传真：0351 – 5628680

网址：http://www.bywy.com E – mail：bywycbs@163.com

经销商：新华书店

印刷装订：三河市同力彩印有限公司

开本：660mm × 960mm 1/16

字数：141 千字 印张：12.25

版次：2019 年 1 月第 1 版

印次：2025 年 4 月河北第 2 次印刷

书号：ISBN 978-7-5378-5676-8

定价：49.80 元

# 目录

## 第一辑　谁是人生的赢家

**第二辑　陪你过秋冬**



**第三辑　给土地磕个头**

## 第四辑　都是谨慎惹的事

# 第一辑　谁是人生的赢家

## 少说了一句话

小邓在公司里人缘不错，业务能力很强，加上聪明能干，业绩提升很快。可就是爱发点牢骚，对什么事情看不惯了，就评头论足，弄得领导很不高兴，警告了他好几次。

可是他这么“好使”的一张嘴，却在关键时候掉链子了，有话竟然说不出，结果就酿成了大错。事情还得从这次的一项重要活动说起。

周四，公司接到上级的电话，让他们选调一批员工周五到市里参加一个重要会议。上级要求很严，一再强调，不能迟到，更不能请假。如有违反者，轻则扣工资和奖金，重则可能要受到处分。考虑到实际情况，领导决定，公司会在第二天一大早派车去送，并让需要坐车的人报名。但下午回来的时候，因为大家可能要购物，走不到一起，所以就不派车去接了，自己想办法解决归途问题。

小邓就开始发牢骚说：“这不是难为人吗？要是航天员的话，

只管发送，不管接回，这能行吗？哪有这么不讲理的啊！”几个小伙子随声附和，说：“是啊，真不知道领导们是怎么想的。”一直到下班，小邓也没有说坐车还是不坐车。可是部门领导王部长以为他要坐车呢。

第二天一大早，小邓决定自己开车去参加会议，他先来到一个小吃摊，要了一碗豆腐脑。豆腐脑在保温桶里刚舀出来，很烫，小邓就又要了半斤油条，边吃边小口喝。夏天的太阳出来得早，小邓掏出手机来看看几点了，他的手机屏幕本来就有点不清楚，被阳光一照，反光得更看不清了，把六点二十分看成六点五十分了，他心里一惊，来不及了，于是丢下豆腐脑和油条，就匆忙出发了。

刚走到半路，他就接到了王部长的电话，问他到哪儿了。他赶紧回答：“快了，快了。”于是狠踩油门。

又过了半个小时，王部长又来电话了，说：“小邓啊，你快点好不好啊？我们可都在等你，眼看迟到了啊。”

他忙说：“马上就到，马上就到……”心里想，这下可麻烦了，说不定大家都已经进会议室了，头一次参加集体活动就迟到，看来这月的奖金是泡汤了。

可是等来到公司总部的门口，看见其他单位的人三三两两地才来，都是一副不慌不忙、不急不躁的样子。这是怎么回事呢？他刚把车停好，王部长的第三次电话来了：“小邓，再不来的话，我们可要走了啊。”

他这才反应过来，原来一车人还在单位等着他啊，于是忙说：“我没有说要坐车啊，你们等我干什么？”

王部长一听，忙问了一句：“你现在到哪里了？”

他说：“我已经到市里了，正在进会场呢。”

王部长嘟囔了一句："你这下可把我们害死了，看回来后怎么收拾你。"

他掏出手机来看时间，现在已经是七点半了，离开会时间还剩半小时，即使他们插上翅膀也难按时到达，心想：王部长啊王部长，打电话的时候，你怎么就不多问我一句是否坐车呢？而自己也少说了一句话啊。这可怎么办啊？他欲哭无泪。

这个周末，他都是在忐忑不安中度过的。他想了好几种可能性，唯独没有想到自己会被开除。周一，刚到单位，他就从同事那里听见了消息，一车人集体迟到，他们单位被总部通报批评，董事长被罚写检讨，还要扣奖金。他还没有把座位坐热乎，王部长就来告诉他："哥们儿，你的错误不是我这个级别能处理得了的，希望你能挺住。"然后埋怨道，"你怎么就少说那一句话呢？"

小邓反问："你不是也少问我了一句吗？"

这时桌子上的电话响了，董事长让他去一趟。

小邓迈着沉重的步伐，来到董事长办公室，董事长已经气得连火也发不出来了，以非常少见的语气让他去财务部结算工资，然后该往哪儿去就往哪儿去。

从那张变了形的脸上，他能理解董事长此时的内心深处应当是巨浪翻腾。明明知道此时多说上一句话，就会换来领导的"惊涛骇浪"，但他还是张开了嘴："我的责任我来负，但是我还想给我们公司做点贡献……"

没想到这句话把董事长逗笑了，但却笑得让人害怕。"做贡献？你这次的贡献可真不小，我们公司从来没有像今天这样出名过。"

小邓张张嘴，还想说什么，但是想想还是算了吧，于是就老老实实地去结算工资。不过要是董事长知道后面发生的事情的话，他就会为自己这句话后悔大半辈子的。

两天后，有个客户来到公司签署协议。董事长一看，我的天哪，这可是一笔两千万的大单子啊。董事长知道，在目前经济不景气的情况下，这笔生意要是谈成的话，名利双收的。他高兴得不得了。可是客户张口就找小邓，说他是小邓爸爸的朋友，前期是小邓跟他谈的这个项目。董事长很震惊，赶紧让王部长打电话给小邓，但是小邓原来的手机号码已成空号。“那怎么办？”董事长很着急。

王部长遗憾地说：“他走的时候，我本来想对他说，如果换了新号码的话就告诉我的。但最终没有开口。”

董事长不满地说：“你说这个还有什么用？”

王部长想了想，又说：“其实那次事故并不全怪小邓，他不是故意捣乱的，这都是误会造成的……”

董事长一愣，生气地问道：“你为什么不早说？”

王部长说：“本来想说，看您在气头上，就没有说出来。”

董事长教育他：“平时该说的话一定要说出来，别吞吞吐吐的，多说一句，还能累死人啊！”

王部长连忙说是，临走出门，终于补充了一句有用的话：“我知道小邓的家在哪儿。”

董事长命令他无论如何要找到小邓。

等王部长历尽千辛万苦，把小邓找回来时，董事长诚挚地向他道歉，说：“你要是早跟我解释一下那天的事情，也不至于受处分啊；你要是早告诉我有这样一笔生意的话，我说什么也不会让你走啊。”

小邓不好意思地说：“看来，该说的话一定要说出口啊。”

# 父子俩打赌

王振营曾经是一名大车司机，有多年驾龄，驾驶技术自然高超，但是他同时也有爱喝酒的习惯。尤其是后来自己开了个小公司之后，酒局更是不断。他没有配专门的司机，所以酒后驾车也就时有发生。所幸都没有被交警查到过，也没有出过大的交通事故。他经常挂在嘴边的一句话就是：艺高人胆大。但是家人却担心得要命，电视上、报纸上经常报道酒后驾车出事故的新闻，他们看着就觉得心惊肉跳。妻子为此不知道和他吵了多少次架，每次他都是收敛一段时间，然后又故伎重施，让人非常生气。关键时候，十一岁的儿子小超出场了。

过春节时，王振营给小超定了个新的学习目标，可是小超把头一扭，表示不感兴趣。这个举动让他很恼火，责问小超怎么回事。

小超说："你还是省省吧，连自己都管不好，还管别人。"

这句话让王振营很震惊，问怎么管不住自己了。

小超说："你都酒驾几次了？还要命不？"

真是哪壶不开提哪壶，为了这事，前几天，一家人对他进行了声讨。自己已经成了众矢之的，要是不改的话，连儿子都看不起自己了。于是他想了想，然后耐心地说："儿子，爸爸今年能改，你信不？"

小超看了他一眼，漫不经心地说："除非太阳从西边出来。"

原来自己在孩子面前就是这个形象啊。他感到很受伤，于是提议："要不咱们打赌吧。要是我赢了，你就得考班里的前三名。"

小超来了兴趣，问："那你呢？这么着吧，要是你酒驾一次，下一年就要做一年的家务活，给妈妈洗上半年脚。不要以为全家就你忙，我妈在家里也不轻松。另外你输了的话，还要彻底把酒戒掉。怎么样，敢不敢赌？"

为了显示自己的坚强决心，重塑自己的形象，王振营想了一会儿，还是答应了这个明显对自己不利的条件，并说，"君子一言，驷马难追。"父子俩在众人的见证下，签字画押，毫不含糊。

此后，王振营意志还真坚强起来，愣是减少了喝酒的次数，即使非喝不可，也绝不开车。他还冒着危险制止了两起酒驾事件，受到交警的表扬。这样坚持了快一年，儿子在他坚决戒酒的感召下，学习劲头空前高涨，成绩也是一次比一次高。

这天，王振营招待了两个客户，喝了不少酒，从酒店里出来时，已经是深夜了。他晕晕乎乎的，有点找不到北。打电话找代驾，可是代驾说自己一时过不来。怎么办？只好把车放在这里，打车回去。

他一屁股坐在出租车的副驾驶座上，司机是个小伙子。可是行到半路，小伙子把车一停，连滚带爬地跑了。王振营以为司机下去小便了，可是等了很长时间，也没有见司机回来。自己又困又渴，于是就来到驾驶座上，车还没熄火，就开着走了。

他一路走，还打开音乐听，这种感觉挺好，他丝毫没有感到危险的来临。后面有辆车闪着刺眼的警灯风驰电掣地往前冲，他还没弄明白怎么回事，警车就绕到前面把他的车给别住了。他一个急刹车，停住，下了车，先是一脸茫然，然后大声问怎么回事，怎么回事。

警察二话没说，上来把他铐得结结实实。他问："怎么了，怎么了，开个车还被查，有王法没有啊，难道你们喝酒了不成？"

警察也不理会他，而是把他带回公安分局，连夜审问，才弄清真相。原来那个小伙子进入出租车这行才一个多月，非常谨慎。看王振营很强壮威猛，剃着光头，一脸凶相，误以为碰到劫匪了。当王振营伸手掏手机时，以为他是要掏刀子，于是就急刹车推开车门夺路而逃，躲在远处看了一会儿，果然见车被开走了，就忙不迭地报了案，说自己被劫了。

此刻，王振营清醒了很多，这才意识到自己开错车了，非常配合地让警察对他进行彻底的检查，没有发现任何凶器。他一脸无辜地说自己只是想早点回家。随后，警察又对出租车司机进行了批评教育。

警察对王振营批评得更厉害，他只有认错的份儿了。他以为训一会儿就可以回去了，明天一大早还要出差呢。"来，让我们测测你的酒精含量吧。"闻讯赶来的交警说。他一下就傻了，张大嘴巴，半天没有说上一句话来。

于是，王振营就被定为酒驾了，不，是醉驾。几天后，小超陪妈妈来办了手续，然后把他领回了家。

# 你离不开我

詹澄云最近开了家豪华饭店。在餐饮行业不大景气的今天，逆势开饭店，似乎不是什么明智之举。但是他有他的思考，那就是周围不少饭店要么改行，要么缩小了规模，主动降了级别。其实这个路段特别好，最适合开饭店。更重要的是几年前他开过饭店，算是有经验，所以就劝在省城干大厨的小舅子前来加盟。小舅子见多识广，告诉他，要想成功就得剑走偏锋，不光要美味，还得有野味，只有这样才能有客源。之前这栋楼属于一家培训机构，詹澄云毫不犹豫就买了下来，并投巨资进行了装修。现在一切就绪，就等明天开业了。

詹澄云正在办公室里欣赏一块玉石，这时秘书走进来说："外面有个叫王三登的人拜访。"

"他来干什么？"詹澄云心里一沉，就摆手让秘书把他赶走。

可是还没等秘书转过身去，王三登就已经从门缝里挤进来了。

“嘻嘻，詹哥你还好吧，听说你的饭店明天就要开业了，小弟说什么也得来道声喜啊。”

詹澄云连屁股都没抬，挖苦道：“你这是黄鼠狼给鸡拜年。”

王三登说：“詹哥，话可不能这么说，在生意场上，兴你不仁，但我不能不义。这两天是你酒店开张的好日子，咱就不要老提这些陈芝麻烂谷子的破事了，我今天来，就是想告诉你一声，用得着小弟我的地方，就知会一声，千万不要客气。我就在对面，电话你也知道。”他故意把“对面”两个字说得很重。

詹澄云巴不得他赶紧走人呢，马上回答说：“放心吧，就是太阳从西边出来，我也不会用你的。要是没其他事的话，就请回吧。”王三登把手往头上一抬，说声告辞，然后就走了。

看着王三登离去的背影，詹澄云心情很复杂，之前两个人合伙做过生意，但闹得很不愉快，没多久就分道扬镳了。现在王三登的生活贫困潦倒，尤其是去年买下了对面的一个厂子搞木器加工，更是赔了不少钱。他担心的是这小子会不会要什么花招，让自己遭受损失。想到这里，他把秘书叫进来，嘱咐盯紧王三登。

第二天，彩旗招展，歌声阵阵，各路朋友纷纷前来道喜。但是出现了一个问题，这个问题还是下面的保安发现的。保安气喘吁吁地跑来告诉詹澄云：“老板，咱没地方停车啊。”

詹澄云哦了一声，真是百密一疏啊，怎么就忘记这茬了呢？酒店前面倒是有个小型广场，但也只能停十来辆车。再往前就是马路，楼后面是一片居民区，都不能停车，怎么办？保安在着急地等待他答复。外面的汽车喇叭声响成一片，马路上已经拥堵不堪。詹澄云往马路那边看，只见王三登正坐在门口的树下喝茶呢。这才想起昨天他找自己，原来这小子早就看出来了这问题了。

没办法，只好求助他了，于是詹澄云就拿起电话打给王三登。可是王三登掏出手机来只看了一眼，根本就没有接。詹澄云又打，王三登索性把手机给关机了，他只好让秘书过去谈。王三登连头都没抬，说："停一辆车七十块钱。"秘书做不了主，就只好返回去请示詹澄云。"真够狠的！"詹澄云肺都气炸了。但是此刻也无良策，不同意也得同意。当天一共在王三登的院子里停了五十辆车，算一算，这小子没花一点力气就挣了三千五百块。詹澄云想，得找个办法彻底解决这事，不能再让这小子宰。但是找遍了所有的地方，都没有适合停车的。他还曾想建个升降停车场，但是不仅投资大，而且停车、取车都不方便，谁会为了吃一顿饭，上你这里来练习停车啊。看来不伸着脖子让王三登宰还真不行。詹澄云只好放下身段，亲自请王三登过来喝酒。

酒桌上，詹澄云想叙叙旧情。可是王三登把手一摆，说："詹哥，打住，咱们现在是谈生意，不要掺杂个人感情。我可以给你个优惠，停车费不变，但时间可以不限。"詹澄云想让他再降降价，可是王三登说："不光不能再降了，对一些特殊车辆我还要加价呢。""什么算特殊车辆？"詹澄云不解地问。

王三登边喝边讽刺他说："你还开饭店呢，连里面的三六五九都弄不明白？"

这顿饭王三登喝了他詹澄云一瓶上千块的茅台，却没有说服他往下降一分钱。

因为酒店里的饭菜质量高，还时不时地推出一些美味的特色菜谱，所以很快就打出了名气。再加上詹澄云能说会道，公关能力强，所以不少当地有头有脸的人物也会光顾。这天，一位小有名气的企业家张总带着两个朋友前来吃饭，但是来了后，却发现没有地方停车。

詹澄云跟保安说："不是还有两个空位吗？"

保安回答："人家根本不往那里停，说要是没有合适的地方，就要到别的饭店去了。"

詹澄云这才意识到问题的严重性。马上下了楼，让司机把车往王三登的院子里开。没想到王三登伸胳膊一挡，不让进，说："价格还没谈好呢。"

詹澄云忙问："什么价格？"

王三登说："这种豪华车要按照每辆一百元收。"

"有你这么坑人的吗？"詹澄云生气地质问。

王三登说："您老要是觉得贵，就别往这里停了，我还有事呢。"

詹澄云眼珠子气得都快瞪出来了，末了也只好同意，心想：反正这钱也是要加到他们的菜里头。从那以后，凡是名人的豪车，就都是这个价。

可是谁知道，过了两个月，王三登又来要钱。詹澄云急了，说："你出去问问，全国有这样的价吗？外国总统停辆凯迪拉克也没有这么高啊。你再要钱，我就干不下去了。"

王三登说："詹哥，你别急，我也不是平白无故地要，我会采取个措施的，我敢保证，有了我这个措施，会让你的生意比以前好很多。"这下詹澄云来兴趣了，忙问什么措施。王三登卖了个关子，故意不说。詹澄云知道这小子又想喝酒了，就让人端上酒菜，让他喝个痛快。喝得差不多了，王三登从兜里掏出手机，调取了几张照片让詹澄云看。只见在王三登的大院里，停着各种各样的车，车牌号看得一清二楚。从拍摄角度来看，应该是在旁边的居民楼上。詹澄云的心一下提到嗓子眼上，忙说："这是谁拍的？"

王三登说："你别害怕，这是我拍的。不过我不是要挟你，我是让你看看这有多危险，要是被心怀叵测的人拍到，往外界一曝光，这些人的形象就一落千丈，就要遭殃，他们遭殃了，你的饭店生意还能好吗？”这让王三登给说到点子上了，要想酒店的生意好，离不开这些豪吃海喝的财神爷。

詹澄云忙问该怎么办。王三登说：“这样吧，你拿给我三万块钱，我建些房子，凡是这类车来了停在里面，就能捂个严严实实，保证连一只鸟都飞不进去。”

詹澄云无可奈何，只有掏钱的份儿了。王三登就盖了棚子，以后凡是有头有脸的企业家、干部的车，就享受进棚子的待遇，而搭这个棚子其实总共才花了一万块钱，剩下的就装他腰包里了。

转眼就到了年底，詹澄云主动给王三登打电话，说是要请他喝酒。于是王三登自己抱着两瓶酒来了。

詹澄云说：“兄弟，到我这里来喝酒，还用你拿酒，这不是埋汰我吗？”

王三登说：“这虽然不是什么好酒，但是咱哥俩一定能喝出一种独特的味道。”

詹澄云一瞅，是那种十来块钱一瓶的酒。这是当初两个人做生意时常喝的一种酒，他马上就明白怎么回事了。于是拿起瓶子倒了两大杯，两人一碰，然后一饮而尽。詹澄云从包里掏出厚厚的一沓钱说：“兄弟，我算服你了，每走一步，都让我往里搭钱。这大半年，你在我这里挣得也够多了。这是当初你那十万，我从对方那里要回来了。今天还给你。”

原来之前两个人做生意时，詹澄云拿着王三登的十万块钱不给，谎称被别人骗走了。王三登不信，但是又拿不出证据，只好自认倒霉。现在詹澄云说从对方那里要回来了，当然是在说谎，但是也不好戳穿，算给他面子。

两个人喝了不少酒，后来詹澄云委婉地提出来想买下那个院子。没想到王三登马上拒绝了，说："詹哥，这可不成，以前咱俩合伙做生意，我没有挣到什么钱，这回老天把咱俩又绑到了一块儿，正应了那句老话，有肉大家一起吃，有钱大家一起赚。咱们得想个办法，让你的酒店明年生意更红火。"詹澄云忙点头说有道理。

当晚，两人边喝边聊到很晚。

## 纯洁的油条

卫小米是省晚报的一名记者。最近晚报推出了一个栏目，叫作《餐桌上的舞蹈》，就是介绍全省各地的美食。这些美食一是要大众化，二是要安全食品，到目前为止，已经介绍了九十多种，可以说反响强烈。很多人在栏目推出前都不知道在自己的周围竟然还有如此好吃的东西，于是纷纷前去购买品尝，有的还特意从外地来，这无形中还促进了全省的旅游事业的发展。

看效果这么好，领导给卫小米的团队开会，要他们把这个项目继续下去，发掘更多的美食。

别看卫小米年纪轻轻，但却担任着这个项目的主管。这天她正在绞尽脑汁考虑下一步该去哪里采访，却在这时接到了妈妈的电话，她先是聊了些家常，然后妈妈忽然想起了什么，说道："小米，你什么时候回来啊？我请你吃油条。"小米哦了一声，随即说道："妈，我还以为你要请我吃大餐呢，原来是油条啊，我以前爱吃，现在不怎么想了。您是医生出身，难道不知道油条已经被列入垃圾食品了吗？我已经拒绝油炸食品了。”妈妈呵呵笑了一下，说：“我们这里出了件新鲜事，有个小伙子推出了一种绿色油条，畅销得很。”卫小米一下子来了兴趣：“绿色油条？怎么个绿色法？您说来听听。”妈妈介绍道：“他推出的油条杜绝复炸，就是每天都换新油，而且不用明矾，好吃得很。”话说到这里，卫小米已经听得入了迷，嘴里的口水快要流出来了。她从小就喜欢吃油条，那种酥脆、香喷喷的感觉让她至今难以忘怀，只不过后来听说油条里加明矾，而且用千滚油，所以只好忍痛割爱了。

正好到了自己休年假的时候，她打算回去看看，如果真是那么好的话，做一期关于油条的专题也不是没有可能的。

油条都是早上做，她起了个大早，但并没有来到炸油条的摊子跟前，而是远远地躲在一棵树下观察。这是个年轻人，长得蛮白净利落，正在那里忙得不亦乐乎，一会儿切面，一会儿夹油条，有条不紊。旁边的不锈钢网罩上整整齐齐地排列着黄澄澄、酥脆可口的油条。来买的人络绎不绝，小伙子就让这些客户自己在电子秤上称好，然后留下钱，他一点儿也不耽误干活。

卫小米待不下去了，因为她听说这个小伙子每天早晨至少炸七十斤面粉的油条，而且还供不应求。有的客户在前一天就已经预定好了，如果晚了可能就买不到了。她走向前去，通过观察，这油条果然好。她先把油条称好，付了钱，然后跟小伙子攀谈。她问：“你的油条果真没有明矾吗？”小伙子说：“当然没有，您可以把它送到任何一个部门检验。您也知道油条的传统制法：在面粉加入明矾、食碱、盐等，然后调制成矾碱面团，再拉条经油炸而成。这种加有明矾的油条，在油炸过程中会分解并残留下一定量的铝。我这种新的油条制法，是用面粉、泡打粉、食碱、鸡蛋等原料制成，炸出来的油条外酥内软、松泡膨大、柔韧有劲，尤其是在配料中加入了一定量的鸡蛋，营养价值也较普通油条高，绝对的无铝油条。我们一家人包括孩子都吃的。”

“你每天用的都是新油吗？”这也是卫小米最关心的问题。小伙子说：“这里有一把‘验油勺’，你可以把油舀起来检验一下。我这做的是良心油条，但是因为成本稍高，当然价格也相应贵一些。”

回到家里，妈妈已经熬好了小米粥。油条配小米粥，再加一碟小咸菜，那简直就是一种享受。好久没有这么吃了，两斤多油条被一家三口吃了个精光，还意犹未尽。小米说：“这油条确实是用新油炸的。如果他要是能这么坚持做下去，我还真准备给他宣传一下。”

可是第二天，她准备再去买油条的时候，却发现小伙子没有出摊。好多顾客都是乘兴而来败兴而归。

第三天，还是没有来，只不过在店的门口加了个通知，说因家中有事，无法卖油条，请大家谅解。

这样，一直到了第十天。眼看自己的假期就要结束了，卫小米怀着试试看的心情来到炸油条的小店，她欣喜地发现，今天店开张了，店铺门前已经排起了长队。她就凑了上去，从小伙子的解释中得知，他这几天因为咳嗽住院了。大家有劝慰的，有埋怨他不打个招呼的，也有给他提建议的。小伙子都是面带微笑，虚心接受。

到了第十一天，卫小米买了油条却没有走。等其他顾客都走完了，她才来到小伙子面前，问道：“你的油条确实不错，而且你的用油都是每天一换，这没有什么问题。但是我问你一个问题，你必须如实回答。”说着亮明了自己记者的身份。小伙子有些惊愕，有点语无伦次了：“你是记者？真没看……看出来。我正想找你反映一件事情呢，不过，你有什么问题？你先问吧，我一定不会隐瞒的。”

卫小米说：“好吧，那我问你，你把每天用剩下的油弄到哪里去了？”

小伙子说道：“运……运到我哥那里去了。”

卫小米十分生气地说：“你哥是开饭店的，对不？你真有能耐，自己不坑人，让哥哥坑人。我本想给你好好宣传一下呢，看来我真的看错人了。”

小伙子说：“不是这样的，你不知道……”

卫小米打断他的话，说：“我怎么不知道，我昨天就跟踪做了调查，你的车直接把这几天换下来的油拉到了你哥开的饭店里。”

这下，小伙子镇静了下来，说：“我把我的油拉到饭店是不错，可只是在那里停放一下，因为我哥的饭店里还有很多淘换下来的废油。我把这些油集中起来，再拉到我表哥的炼油厂。”

“什么，你表哥有炼油厂？”这下该卫小米糊涂了。小伙子说：“是啊，那是一座炼制生物柴油的炼油厂，我们的油都浪费不了，在那里被加工了。不信的话，我可以领你去验证一下。”

去就去。卫小米可是急性子，等着他收拾完，打了辆车跟小伙子来到郊区，还真有一座小型炼油厂。旁边的一个大桶里就存放着昨天拉来的那些废油。看来还真没有错。卫小米不好意思地说：“很抱歉，我差点冤枉你，不过事情弄清楚了，我可以好好宣传一下你的油条了。不瞒你说，因为众所周知，很多地方的油条都无人问津了，但因为你坚守良心底线，所以让这一小吃重新焕发了光彩。”说着的时候，卫小米脑海里已经有了一个样稿。她准备一回去就向领导汇报，把这作为下一期要推出的美食。

可是小伙子好像对此并没有多少热情，显得有些心不在焉的。末了，他再一次问道：“你真的是晚报的记者？”

卫小米说：“当然是啊，怎么了，这是我的工作证。”说着就掏出来一个小本子。小伙子看了一下，问道：“对于有的不良社会现象你敢报道吗？”

卫小米说：“当然敢啊，你说吧，什么事？”

小伙子鼓了鼓勇气说道：“你知道我前几天为何没有炸油条吗？”卫小米点点头说：“你不是生病住院了吗？”

小伙子说：“是的，我在医院里住了八天，每天输五瓶液。可是事后我拿着片子到更好的一家医院去看，专家说这不是什么大病，吃些消炎药就好了，根本就不用住院。你说说，这样不是坑人吗？”小伙子越说越生气，涨得满脸通红。

“竟然有这事？”卫小米很惊讶，“你能告诉我是哪家医院吗？”

小伙子说：“是我们的市立第一医院。”

“你说什么？”卫小米惊讶地张大了嘴巴。

小伙子说：“我果然没有猜错，你还真的不敢报道。”

卫小米想了想，然后非常真诚地说：“至于报道不报道的，我还真拿不准，要请示的。但有一条我可以保证，那就是让这家医院停止这种不合理的行为。”

回到家里，妈妈正好下班回来，手里提了满满一兜好吃的。妈妈笑着说：“怎么样，你的设计方案做出来了没有啊？”

卫小米没有回答，而是说：“妈妈，你帮我拿个主意，有件事情我不知道应当怎么办。”

妈妈说：“有什么事还能难得住你，快说吧，什么事？”

卫小米就把那个小伙子遇到的情况说了一下。

越往下听，妈妈脸上越是难看。最后，她问道："小米，你准备怎么办？"

卫小米不假思索地回答："我给这家医院一个期限，如果到时候还不改的话，就坚决曝光。我们不能对他人提出无限高的要求，自己却在做着有损道义的事情。"

妈妈沉吟了一下，说道："作为医院的院长，我也是三令五申，坚决杜绝类似事件的发生的。但是这关系我们全院的荣誉，你容我想想，我会给你、给大家一个满意的解决方案。"

下午，卫小米就踏上了归程。快到单位的时候，她接到了妈妈发来的短信，上面写着：归仁心之路，做纯洁事业。

小米笑了。她准备过两天再回去的时候，边买油条，边告诉小伙子在做良心事业方面，他并不是孤独的。大家齐努力，生活会更美。

# 谁是人生的赢家

## 兄弟分道

大斌和小斌年龄仅差一岁，一个二十四岁，一个二十三岁。大斌刚从一家职业学校学成归来，小斌也大学刚毕业。父母早些年带着他们从老家来到南方打工，后来开了一家生产电脑零部件的厂子。这天，爸爸把他们叫到跟前，告诉他们因为市场的原因，工厂的效益每况愈下，实在撑不下去了，只得关门。

父亲伤感地说："很不幸，打拼了这么久，最后还是以失败告终。我跟你妈回老家去过，你们还年轻，就留下来吧。还完各种债务，总共还剩 70 万块钱，都留给你俩，能闯出个什么样，就看你们自己了。"兄弟俩都很孝顺，担心父母没人照顾，让他们别走。父亲强忍住泪水说道："乡下生活成本低。我知道你俩挂念我们，但是记住，事业干好了就是对我们最大的孝顺，等你们事业有成的那一天，我们会回来投奔你们的。”弟兄两个点点头。

父母心疼小儿子，就跟大斌商量想多给小斌一些。兄弟情深，大斌没有意见。这样大斌得了三十三万，小斌得了三十七万。

兄弟二人目前都在谈恋爱。小斌为了跟女朋友约会方便，立马就买了辆小汽车。大斌听说后，劝小斌这钱无论如何要好好合计着用，用在刀刃上。可是小斌的女朋友催得紧，说：“如果没有房子怎么结婚？”他有点犹豫，女朋友说：“还磨蹭啥，这房价一天一个样，今天不买，明天就只有后悔的份了。早买不就等于省钱了吗？省钱不就等于挣钱了吗？”小斌想想确实如此，于是就给哥哥打了个电话，说没有房子确实不像个样儿，还劝哥哥也别过这种租房打“游击”的日子了。大斌不同意他的观点，小斌说：“那咱俩打个赌吧，看以后谁混得好，谁有能力能让父母颐养天年。连个窝都没有，何谈过日子呢？”

小斌买下了一套120平方米的大房子，钱不够，又从银行里贷了十多万。头几天还是个富翁，转眼就成了债务人，小斌一时还适应不了这样的角色转变。好在仅仅过了几个月，这套房子的价格就扶摇直上了，一下子增值了好几万，这让他很欣喜，晚上常常会笑醒。虽然有车也有房了，但小斌觉得也不能这样下去，最后他把心一横，去外面打工了。

过了一段时间，大斌给小斌的妻子打来电话，让她到自己那里去帮忙。这到底是怎么回事呢？

原来大斌分了那笔钱后，就动开了脑筋。尽管女朋友小慧也催他买房子，可是他一直没有动心。因为要是买了房子，自己创业的梦想就破灭了。他一直想开家汽修厂，在职校学的也是这行，他认为随着汽车进入千家万户，汽修这行肯定越来越红火，并坚信只要技术好，不愁没活干。他要把手中的这笔钱变成一只“老母鸡”，让这“母鸡”源源不断地下“蛋”。本来想跟弟弟合伙，现在只好单干了。由于暂时没有合适的地方，大斌就先租了间门面房，开了专卖汽车保洁用品的小商铺。

后来，有朋友说帮他物色到了门面，他过去一看，有点失望，因为这门面有点小。但有总比没有强，于是就买了下来，简单装修一番，这家“健洁汽修店”就隆重开业了。果不其然，自开业起，汽修店的生意就很好。忙不过来的时候，他本想让弟媳来帮忙管账，无奈弟媳已经怀孕，于是只好忍痛关掉那间小商铺，让小慧过来。

## 朋友危难

汽修店经营得红红火火，大斌很快就有了积蓄。这时有个机会摆在他的面前，那就是市中心有家大的汽修厂因为老板出国，要对外转让。这让大斌眼前一亮，因为小打小闹不是他想要的，他早想把步子迈得大一点。没想到这遭到了女朋友家里的极力反对。眼看着他们到结婚的年龄了，连房子都还没有买，房价却像打了鸡血一样，一个劲儿地往上蹿，而且市中心的房子越来越少，新楼盘已经建在市郊了。准岳母警告他再不买，恐怕将来真要后悔了，总不能在出租房里结婚吧？可是无论怎样劝，大斌都不为之所动。他倔强地说：“在出租屋里结婚怎么了？不照样能过日子吗？创业不成，守着房子又有何用？”为此，他跟小慧家闹得有点儿僵。

这天晚上，汽修店正要关门，王云光跌跌撞撞地来了。王云光是小慧的表哥，也是大斌的朋友，还是他们两个的媒人。王云光先让大斌给他煮了碗方便面，狼吞虎咽地吃完后，然后开门见山地说要借点钱。

“你又借钱干什么？”大斌没好气地问。

原来，王云光以前没少找他借钱，但是都用在了理财上，最后赔得精光，被债主追得东躲西藏，没想到今天又来找他借钱。

王云光说：“老弟，我知道现在大家都不相信我，可这次真不是理财了，我朋友帮我揽下了一个项目，这是我最后翻身的机会了。”

说着王云光就详细地讲了这个项目的大致情况，并拿出了所签订的意向书。可无论说什么，小慧都在一旁一言不发，还不时给大斌使眼色，要他千万别上当。

听完之后，大斌说：“你这个项目好是好，但是我实在没有闲钱了，我正准备盘下一个汽修厂，为此连结婚用的房子都没有买，不信你问问小慧。”

王云光不好意思地说：“这我绝对相信，但是斌哥、小慧妹妹，今天无论如何你们得帮我，不瞒你们说，我已经把我所有认识的人都借了一遍，但是都没有借到一分钱。要是明天八点以前交不上定金，好不容易运作下来的项目恐怕就要黄了，前期的花费也将化为泡影。煮熟的鸭子就会飞走，我实在是不甘心啊……”说着竟然呜呜哭起来。

大斌心软了，他把小慧叫到外面商量该怎么办。小慧说：“你也知道，我表哥最会表演了，以前每次借钱都说急用，可是最后呢？光从我们家里就已经借去了好几万，到了还的时候打电话都不接……这次他肯定是故伎重演，别忘了，我们现在正是需要钱的时候。”

大斌眉头紧皱，过了一会儿，才说："谁也不想混到这一步，他是被人坑了。这也许是他改变人生命运最后的机会了。我们要是不帮，肯定会后悔的。"说着就掏出手机按照意向书上的联系方式给对方打过去，经证明，这真是一家大型企业供货的项目。

小慧仍然持保留意见。大斌却自己做主，拿出来十万块钱给了王云光。这下可闹大了，小慧的爸爸妈妈第二天就把大斌叫到家里，说什么也要两人中断来往。

小慧的妈妈训斥道："让你买房子，你连首付都不出，现在却有钱给一个骗子，你根本就没过日子的心！"

大斌却说："阿姨您也别生气，我知道这笔钱够交首付的，但是如果那样，也仅仅是买了套不会说话的房子，给了云光，说不定他就能重现生机。"

小慧妈妈更加生气了，说："我这个外甥，把我们亲戚家都骗遍了，我们对他是一点信心都没有了……"

争吵下来的结果是小慧的妈妈限制女儿再跟他交往，大斌只好怏怏而归。难受归难受，事业还得继续下去。大斌耐心地跟老板谈判，又降下来一笔钱，他找朋友做担保，在银行里贷了一笔款。这下，英雄可有了用武之地。他招聘了几个工人，汽修厂在他手中，如变戏法一样，每天顾客盈门，后来小慧偷偷跑来给他当会计。

但是天有不测风云，一个工人不小心把一辆进口豪华轿车给弄坏了，这下他可赔大了。过年的时候，小斌把他叫到自己家里。弟兄两个边喝酒边聊天，小斌劝他别那么拼了，卖掉汽修厂赶紧买房子结婚吧。大斌却坚定地说："现在还不是时候，我会在哪里跌倒，就在哪里爬起来的。"

## 胜负已定

从那之后，大斌时不时地给工人进行培训，之后，就再也没有出现过事故，收入又逐渐好了起来。

一年半过去了，正当大斌准备买房子结婚的时候，却有人打电话让他先不要买，说要送给他一套大房子。他问："是谁在开这样的玩笑啊？"对方却挂断了电话，等到一见面，才知道竟然是王云光。原来王云光靠着那个项目，果真挣了一笔钱，并以此为基础，成立了一家公司，虽然刚刚步入正轨，但效益可观。王云光说自己最该感谢的是大斌，在他最困难的时候，是大斌帮助了他。大斌当然不能要他的房子，而是劝他扩大经营。一席话把王云光感动得一塌糊涂。

王云光说："斌哥，我真的很佩服你，心里光想着别人。你自己还没有买房，却每月帮弟弟还银行里的贷款。"

大斌叹了口气："为了那笔贷款，他们小两口光吵架，我不能看着不管吧。"

王云光对他竖了竖大拇指，说："哥，要是以后有什么需要我帮忙的，一定要说啊。"

转眼到了年底，大斌和小斌同时接到了父母的电话，要他们回去一趟，不过不是去老家，而是到另外一个城市。

按照电话里说的地址，他们找到了父母，不过让他们感到不可思议的是，父母正守着一家大公司。这是怎么回事呢？他俩都糊涂了，问："你们不是回老家了吗？怎么会在这里？难道一直在这里打工？"

父亲一阵哈哈大笑，然后告诉了他们实情。原来父亲以前开办工厂的时候，就已经有了很大的积累，正赶上当地政府搞产业升级，一考虑，就把厂子搬到了土地成本更低的另一个城市，成立了一家生产液晶显示器的公司。同时，他考虑自己年龄大了，总有一天要找个接班人，该选谁呢？他一时拿不定主意，于是就出现了之前的那一幕，让兄弟俩各自拿着一笔钱去创业。没想到哥俩走了两条截然不同的路：小斌很快买了车子和房子，只身外出打工；而大斌却选择创业，并一路坚持，让手里的钱发挥出了最大的价值，还帮助了穷困潦倒的朋友。

父亲对小斌说：“孩子，虽然你买的房子价格也涨了很多，但起初你并不是以盈利为目的，况且只守着那么一套房子，涨得再高又能怎样？记住，过早地享受只会让你后继乏力。希望你吸取教训，跟你哥好好学着点。”小斌不好意思地低下头。

父亲对大斌说：“你已具备一定的管理经验，现在公司总资产已达数千万，相信在你的手中一定能实现增值。”

大斌佩服地说：“爸爸，还是您厉害啊，把原来的高价土地卖了，然后用挣到的钱实现了产品升级。”

过了会儿，父亲一脸忧愁地说：“不过我现在是真的遇到了件麻烦事。”

大斌忙问：“是什么事？”

父亲告诉他，因为行业竞争激烈，生产显示器的一种原料现在供不应求，很难买到。

大斌一听乐了，说这好办啊。父亲反问怎么好办了，自己已经动用了所有的关系，还是拿不到货。大斌说：“找王云光啊，他就是干这个的，手里有货肯定先照顾咱的。”

## 我要跳槽

揽了瓷器活，还得有金刚钻。虽然现在很多大学生不好找工作，但对林泽凯来说，则是工作在找他。

他是生物学硕士，更重要的是他有很强的创造能力，接二连三有新成果问世，为企业带来滚滚财源。他在一家合资企业本来干得不错，但是新来的老总对他不怎么信任，总是插手他的项目，使得工作无法展开，没办法只好辞职。

辞职消息刚一传出来，省城最大的生物制剂厂金阳公司就找上门来，而另一家知名企业王胜公司也向他伸出了橄榄枝。比较一下，两家公司给的待遇都很优厚，数额也差不多。该到哪一家去呢？林泽凯一时拿不定主意，因为他吃尽了同事间钩心斗角的苦头，所以他告诫自己，这一次一定要慎重，否则，频繁跳槽，对自己的研究和事业都很不利。

与此同时，两家企业也加大了攻关力度。他们都志在必得。最后，林泽凯表示先不忙着敲定，而是先在每家企业各上一个月的班。当然，这不会触及各家公司的商业秘密，他提出就在基层做一般工作，从而感觉一下两家的氛围如何。两家公司都表示同意。

他先来到金阳公司。老总刘玉乐接待了他，又提出亲自陪同他在各部门走一走，好跟大家认识一下，却被林泽凯拒绝。林泽凯让刘玉乐随便给他安排了一个副主任的职务。

没想到上班第一天，就赶上有个同事要结婚，让他更加没有想到的是，老总会亲自参加婚礼，并做证婚人。婚礼办得圆满成功。后来这件事情，被登在了公司的内部刊物上。林泽凯翻阅历年来的刊物，发现每办完一件这样的事情，例如子女入学、家里老人去世的，公司都会张贴公布，广为宣传，并刊登在刊物上。这些措施激励着员工努力工作，爱厂如家，以此来回报公司的厚爱。

除此之外，林泽凯还发现公司对员工还是非常苛刻的。如制定了严格的考评制度；员工的工资都是保密的，谁也不准互相打听。

临近月末，老总刘玉乐给林泽凯发了一万元的工资。没想到林泽凯说："我现在还没有做多少贡献，不该领取这么多。等我的产品开发出来，你给我这些，我都嫌少呢。"说着就退还了一部分。

这下老总着急了，问道："难道你还没有决定要留下来吗？我的产品研发遇到了瓶颈，如果你愿意的话，我们现在就可以签合同。至于待遇，我们可以再商量。"

林泽凯笑着说："我还没有到王胜公司去感受一下呢，等我对比了之后，我们再谈吧。"

刘玉乐没有办法，只得说："那好吧，我们期待你加盟的好消息。"

林泽凯又来到了王胜公司，老总是个年轻人，名字就叫王胜。

他接待了林泽凯，先是谈了公司的发展思路，然后感慨地说：“我们现在急缺的就是你这样懂研发的高级人才。”但是任凭王胜怎么急切，林泽凯仍然按照先前的约定，要先干满一个月再说。

王胜叫他到人力资源部去报到。在那里，工作人员先让他填了一个表格，上面有家庭情况介绍。“在这里工作，跟家庭有什么关系？”他嘟囔了一句。

工作人员笑着回答：“这是我们的规定噢。”这还没完，又让他为自己的父母办一张银行卡。他感到莫名其妙，这么繁杂的程序，能留住人吗？难道是公司想以这种方式来防止他以后跳槽？要真是这样，说明这家公司太不地道了。

与第一家公司不同，王胜公司员工的工资是完全公开的，大家发多少钱，都是公开的。而且到了月末，除了公司给他开了工资之外，远在老家的父亲给他打来电话，说收到了公司寄来的三百元钱。他问同事这是怎么回事，同事解释说：“这是公司给员工父母发的‘孝工资’，已经发了好多年了。”

林泽凯一听很感兴趣，忙问：“都是按照什么标准发的？”

同事说：“这有两种标准，一是根据家庭实际情况，一是在工厂的服务年限。”

在跟老总王胜交流的时候，林泽凯谈起了所谓的“孝工资”。

王胜说：“所谓的‘孝工资’，是公司按照一定标准给员工的父母发放的工资，是代替员工尽孝道的一种企业行为。该部分资金完全由公司独立承担，与员工工资待遇完全分开。‘孝工资’是企业替员工表‘孝心’，让员工工作得更‘舒心’，让员工的父母更‘放心’，也能让中华民族的传统美德在这里得到了发扬光大，一举数得。”

林泽凯听了表示十分受教，当即与王胜公司签订了合同。

# 第二辑　陪你过秋冬

# 陪你过秋冬

## 新任务

暑假快结束的这段时间，市第八中学的教务主任王宇帆没事就往外跑。他爱好摄影，拿着相机，在各水库和河边拍个不停。本来他计划要在八月下旬去拍大山上的风景的，但是由于天气仍然十分炎热，考虑到会有不听话的孩子到水里去游泳，所以，他决定就在这些地方多转转，碰见游泳的孩子就制止。光上周就被他发现了五起，这项工作都是他自找的。

妻子说："你干着校长的活，却拿着普通老师的钱。"

他笑着说："人比人，气死人，来，欣赏一下我拍的照片。"随后又安慰着妻子说："我的高级职称也快了。"妻子照例撇了一下嘴。

下午，副校长刘汉水一个电话把他叫到学校里，说有个新任务。他忙问是什么。刘汉水回答说：“昨天教育局给了咱们四个支教名额。”

“去哪里支教啊？”他感到有点意外。

刘汉水说：“是去肥风县的孤家峪。”

王宇帆禁不住倒吸了口凉气，他听说过这个地方，离市区足有三百里，是出了名的穷地方，山高坡陡，人迹罕至。

刘汉水喝了口水，把王宇帆上学年的表现大力赞扬了一番，然后继续说道：“教育局规定，应该有一名领导带队，经过慎重研究，这项工作交给你。”王宇帆一点思想准备都没有，为了把新学期教务处的工作做好，他都拟定了好几个计划，看来是白忙活了。刘汉水开导他：“反正到了那里，你工作量最小，把我们的队伍带好就行了。”然后把其他几个老师的名字说了一下。

王宇帆想了想，学校干部里老的老，困难的困难。不过，他还是对这个名单有异议。王宇帆说：“我的意思是不能让张晓峰去。他今年要结婚，母亲还有病。”

刘汉水说：“我们也考虑到了这个问题，但张晓峰教学成绩最突出，去支教是理所当然的，可以更好地帮助那些孩子提升数学成绩，而且名单已经报到教育局了。”又补充道，“教育局给大家统一解决交通工具，给每人配了一辆电动车。考虑到路途遥远，咱们学校还加了钱，重新给大家配摩托车。”

王宇帆沉默了一会儿就出来了。

回到家里，王宇帆把支教的事情说了，妻子马上表示反对：“你都五十多岁的人了，还要进沟爬山，不把你弄散架了才怪呢。”

王宇帆笑道：“你是做医生的，应该明白，这是领导在照顾我。”

“照顾你什么？”妻子问。

“那里有新鲜空气啊。”

妻子更生气了，说：“这种事情倒是……不行，我得去找你们领导。”

“你找领导干什么？”王宇帆不满地问，“那是给我添乱，你知道不？”

妻子唠叨起来就没完没了的。王宇帆没办法，只好答应她明天自己去和校长沟通沟通，并补充道：“死马当活马医，估计不好办，名单都定好了。”

第二天上午十点，刘汉水看到王宇帆跟校长有说有笑地往外走，就问他跟校长都谈了什么，王宇帆笑而不答。

下午，刘汉水就接到了通知。他把几个老师召集起来开会，张晓峰已经被排除在名单之外了。刘汉水还宣布，每月再给大家补助四百块钱，共补十个月。

张晓峰握着王宇帆的手谢了又谢。王宇帆说：“你的困难大家都知道，照顾你是应该的。”他没有告诉张晓峰的是，为了说服校长，他拍着胸脯打包票说自己一个人要干两个人的活。

## 小学印象

转眼就是九月六号，是出发的日子了，他们骑上摩托车，一路飞奔。但是出了市区后，道路逐渐难走起来，两旁的风景倒是很好，树木葱绿，遮天蔽日，要不是为了赶路，王宇帆会把兜里的相机拿出来，痛痛快快地拍几张。越往前走，道路越崎岖不平，走走停停，每个人都累得气喘吁吁。那座山看着近在咫尺，但是走了好久都还没有到。

好不容易来到山脚下，看见一个人正在那里来回走动，手里拿着手机。“你们是八中的老师吧？我是孤家峪小学的校长李东峰。”

王宇帆看了看他，说道：“不是我们还能是谁？你有眼不识泰山啊！”

那人一怔，仔细一看，笑了，“原来是老王啊，还记得我？”

王宇帆大声说：“再过二十年我也记得你。”

原来三十年前，他们一同在市里参加培训。两个月的培训完成后，一个分到了城里，一个回了老家，从此两人再也没有任何交集。那时风华正茂，没想到三十年后再次相逢，都已经被称为老王了。

“就只有这个地方手机没信号，上面信号好着呢。”好像怕他们随时要拨马而回一样，李东峰赶紧解释。然后他把手机打开举过头顶，振动了几下，从山坡上下来了两个老师，帮着把摩托车推进校园里。

孩子们还在上课，他们早就听说来新老师的事情了，一个个把小脑袋探出窗外看。李东峰一吹哨，孩子们蜂拥而出，围着摩托车叽叽喳喳，像一只只快乐的小鸟。李东峰帮他们把行李搬进早就收拾好的宿舍里，两位年轻老师马上皱起了眉头。一间大屋子里，虽然很干净，但是除了放着三张小床和两张课桌，再无其他。他们事先想到了艰苦，但没有想到这么艰苦。李东峰好像看出了他们的心思，说正准备买台电视机。

接下来，要召开全体老师大会。李东峰介绍道：“孤家峪小学共有七十多个学生，五个年级，三位老师，全是五十岁以上的。但由于人手不够，孩子基本处于散乱状态。现在一下子有了六位老师，是学校历史上老师数量最多的一年。”讲到这里，李东峰信心十足，说：“我们学校师资力量弱，前些年不统考还看不出来，从去年开始，又实行全县统考了，这一下就暴露了真面目，成绩一直是倒数第一。但相信这次通过大家的努力，名次一定能靠前一些。”说着看了看两个年轻的老师，“尤其你们俩，是学校的希望。”随后做了分工。

王宇帆把全校的政治和科学课都包了下来。

大家准备散开的时候，李东峰说：“还有一件事，以前是我们三个轮流护校的，每天有五块钱的补助，现在各位住在学校里，就当护校，也省我们的事了，这样吧，我做主，每天，每天……”他咬了咬牙，“每天给你们每人补助两元。”

两位年轻老师几乎要笑出来，连说：“不要了，不要了。”

## 怪事不少

学校虽然偏僻，但是这里风景却很好，到处是百年大树，花开鸟鸣，山水潺潺，空气清新得让人心醉。

学校头一次开足了所有的科目，尤其是英语，以前是由一名老师代课的，很不正规，孩子们的发音从来都没有准过，如果老外听到，估计得气得口吐白沫。现在刘卫华老师来了就好了。

不过王宇帆对刘老师说：“你不用担心考试的事，该怎么教就怎么教。我跟李校长商量一下，咱英语不参加统考。”

没想到这话正好被路过的李东峰听到了，他进来说道：“那可不行，以前咱们没有专职的英语老师，现在有了，那就是优势，我们可就指望着英语拿名次了。”

王宇帆耐心地解释说："小学开设英语课的目的就是为了让学生增加对英语的兴趣，主要是练练口语。如果应付考试，势必会让学生大量背单词和句型，压力陡增，很多孩子就会失去学习兴趣，对英语产生畏难情绪。要是那样，从娃娃开始，他们就已经注定学不好英语了。"

可是无论王宇帆怎么解释，李东峰就是不愿意。最后两个人不欢而散。

王宇帆发现李东峰有两个爱好：一个是喜欢喝酒，几乎每天都喝得脸红红地来上课，但是他倒从没耽误过课；另一个让人捉摸不透的爱好，就是李东峰喜欢做木匠活儿。他不是在家里做，而是在学校的房子里做，屋里面摆满了各种工具和木材，只要上完课，他就窝在屋里，很少出来。王宇帆曾经进去过一次，只见这位老兄在里面正干得热火朝天，工具在他手里就像着了魔，刨花四溅，锯末纷飞。

"你在弄什么？"王宇帆不解地问。

"做窗户。"李东峰连头也不抬。

王宇帆不解地问："咱们学校的窗户都很好啊，还做它干什么用啊？"

李东峰只是呵呵笑。他也不好再问。

不过，后来的一件事情，让他对李东峰的这个爱好有了新的看法。那天，他从教室门前经过，看见李东峰手里正拿着这些木头讲课。几乎每道数学题都通过木料来解决，通过他做木工的经验来讲解，学生竟然接受得很快。这让他很佩服。

后来他跟另一名老师谈起这事，这位老师说，咱们学校所有的门、窗、课桌都是李校长一个人做的，连旗杆、升旗台也是他做的。

王宇帆这才发现，学校里除了房子之外，其他的几乎都是用木头制成的。他还发现，每隔几天，就会有村民来取李东峰的产品。原来是在搞第二职业啊。

王宇帆对这种“不务正业”的作风颇有微词。除此之外，还有一件事情，让他几乎不能容忍。在校园的一个角落里，李东峰开了一个小门，从这个小门里出去，就是一个鸡栏，里面养着几十只鸡。这些鸡有时候还会悠闲地在山坡上散步、捉虫子，虽然平时不影响学生学习，但每当母鸡下了蛋时，“咕哒咕哒”的声音就会传到教室里，有一些调皮捣蛋的学生就会跟着学。但是又不得不承认，这些鸡还是带来很多好处的，比如，李东峰会隔三岔五地给中午在这里吃饭的学生改善一下生活，他们也会跟着打打牙祭。

这天早晨，都上课很长时间了，五年级还有三个同学没有到。王宇帆站在校门口看，就是不见他们的身影。他想往学生家里打个电话，可是一问才知道，学校里根本没有登记他们的家庭联系方式。这是严重的工作失误啊，他刚想发火，只见两个学生扶着一个“血人”进来了。仔细一看，这个学生有好几处伤口。两个同伴说他从山上摔了下来。

王宇帆说：“赶紧送医院！”说着就掏出手机准备拨打 120。这时李东峰从木工房里走了出来，说道：“等 120 来了，估计得到天黑。”

说着从衣兜里掏出来一把干树叶子，在手里搓成碎末，敷在伤口处。

王宇帆焦急地问：“这管用吗？耽误了治疗怎么办？”

李东峰说：“放心吧，山里的孩子皮糙肉厚，没那么娇气。”

王宇帆恨不得把李东峰拽到一边去，可是却惊奇地发现，孩子的伤口果然不再流血了。

“好了，以后注意点，上课去吧。”

一场危机就这样化解了，王宇帆惊得目瞪口呆。

李东峰却走过来说：“老王，你提出来登记一下他们家里的联系方式，我觉得还是很有必要的。”

之后，王宇帆帮助李东峰对很多方面进行了完善，比以前正规了许多。

## 独特的办事风格

说话间就到了国庆节，学校放了一个星期的假。等回来的时候，王宇帆他们每个人都带来了很多书，有自己家里的，或者是跟别人要的。包括《故事会》《上海故事》等书刊，内容妙趣横生，韵味悠长，山里的孩子们爱不释手。一个小小的阅览室初具规模。

他们还吃惊地发现，从山底下到学校修了一条小道，这样，他们就可以直接把摩托车骑上来了。

“这几天你们一直在干这个？”王宇帆问。

李东峰点点头说：“你们可是咱的宝贝，要是伺候不好的话，我的罪过可就大了。”

王宇帆笑着说：“我现在最惦记的就是你养的那些鸡。”

李东峰说：“惦记也没用，没你的事。”

王宇帆指着一个大箱子说：“那好，这酒也没你的份了。”

不过，李东峰还是杀了鸡。因为他一直盘算着要给几位老师接接风，以表示对支教老师的感谢和尊重，只是这一个月一直忙，没有腾出空来。周六这天中午，几位老师在家里干完农活回到学校，那高兴劲儿就跟过年一样。

几个人放开了喝，边喝边谈，话题很快就转到安全方面。李东峰说："那些学生离得近的，隔着一座山；离得远的，隔着三四座山。山路弯弯，十分难走，开始他们也是整天提溜着心，后来慢慢也就习惯了。"

王宇帆说："需要根据每个学生不同的困难进行帮助才行。"这跟李东峰想到一块去了。"学校里现在有多少经费啊？"

这个问题马上让李东峰警觉起来。

一位老教师说："看把你吓的，人家王主任又不抢你的钱。"

李东峰这才回过神来，说："你告诉他不就行了吗？"

那位老教师说："我们这两年共积攒下了一万两千块钱，不过都在银行里存着。"

这笔钱，李东峰始终没有大动，因为他知道，到了冬天，会有不少花项呢。不过，他根据王宇帆的建议，让每个学生都写出自己的困难来，学校尽量帮着解决。有些学生需要闹钟，说老是怕早晨起晚，半夜就得起床；更多的学生需要的是手电筒，因为他们上学、放学都头顶着星星；还有的学生需要雨伞；有的学生涉水过河需要雨靴；有的学生需要跑鞋。还有个学生说他奶奶需要一副老花镜，这理所当然地被拒绝了。需要书包的也被拒绝了，因为这不是急需的，可以让奶奶用布给缝一个。这样买下来，一共花了四千多块钱，算是今年最大的一笔支出。令王宇帆他们惊讶的是，每次花钱都需要包括李东峰在内的三个老师共同签字确认。王宇帆力主要买台电脑，因为很多学生连哪个是主机、哪个是显示器都弄不清，但是这个请求被李东峰给拒绝了。王宇帆心想：这家伙或许是对现代化的东西比较抵触。许诺给配的电视机，最后竟然买来台二手的，还带着个小锅盖。打开来看，几乎每天都在过冬天，因为里面全是“雪花”。

两个年轻老师说：“这个校长太抠门了。花钱就像割他的肉，一点也不男人。”

王宇帆说：“人家不是每月给炖一只鸡吗？”

他们笑笑。这事不假，不过肉都给学生吃了，他们连汤都喝不上。

## 咱也扶起老太太

山里已经有了浓浓的秋意，山上层林尽染，风光旖旎，令人目不暇接。王宇帆挎着相机拍了不少好照片，他想要是能上网多好，可以把这些照片发到网上去。虽然他的笔记本电脑都快被学生拍烂了，但是孩子们由此认识了电脑，他也很高兴。

坐在山坡上，王宇帆看见刘老师正在门口训学生，他很担心英语这样教下去早晚会耽误一部分孩子。正好这时李东峰过来了，于是他又一次说了自己的打算：坚持不让英语参加统考。

李东峰叹了口气，说道：“老王，其实这也是没有办法。我了解过了，乡村学校里面就我们这里有专职的英语老师，这是我们拿名次的大好时机。我也没有办法啊，只有考了好名次才有资格向上级领导提这样那样的要求。”他叹了口气，接着说，“孩子们要是成绩不好，也不好向他们的家长交代。家长们都在外打工，过年回来，看孩子成绩不及格，心里会有多失望。还有更重要的，咱如果考好了，明年暑假就好向教育局要新老师；要是考砸了，别说新老师，说不定学校也会被裁撤。那样的话，就会有很多孩子失学。”

正在他们攀谈的时候，校园里突然慌乱起来，还伴有孩子们的惊呼声。

“一定出事了！”他们俩忙狂奔过去。

刘小虎正痛苦地坐在地上呻吟，几个孩子在他旁边你一言我一语的，他们这才弄明白，刘小虎在石头上玩的时候掉了下来，摔坏了胳膊。只见他一边疼得龇牙咧嘴，还一边说是别人把他推下来的。现在不是讨论这个的时候，王宇帆当机立断：马上送医院。于是他推出自己的摩托车，让刘小虎坐到后边，向山下开去。

“你不知道医院在哪里啊！”李东峰一边在后面喊，一边推出另一辆摩托车来，追了上去。

李东峰在前面引路，跑了快两个小时才到县医院。经过检查，好在结果只是骨头错位。一位老中医给推拿几下就复位了，王宇帆和李东峰这才放下心来。他俩擦了一把脸上的汗珠子，相视一笑。接下来，李东峰说好不容易来县城一趟，要去买点东西。

王宇帆带着刘小虎回去，没想到却出事了。刚出了县城，他听见身后传来哎哟一声，回头一看，只见一位老太太侧倒在马路上。他忙停下车，问：“没事吧？”老人伤着了腿，站也站不起来。以前他跟着老婆学了点护理知识，在确定不会给老人带来二次伤害的前提下，把老人扶着坐了起来，然后拦下一辆车，把老太太抱进去，又用铁链子把摩托车锁在路旁的一棵树上，跟刘小虎一块坐进了出租车里。到了医院挂号、拍片，医生诊断的结果是老太太右腿骨折。

“伯母，您家人的电话是多少啊，我帮忙联系一下，我还得回去上课呢。”他边问边掏出了手机。

老太太报出了儿子的电话号码，并说：“你撞了人不能走啊。”

老太太的话让王宇帆一惊，坏了，碰见讹人的了。他清楚地记着，虽然当时有个小小的拐弯，但离老太太有一定的距离，肯定没有撞到她，她应该是被什么东西绊倒的。

“伯母，您肯定是自己摔倒的，怎么能怪我呢？”王宇帆耐心地跟她解释。

可是老太太剧烈地咳嗽起来。正在这时。她的两个儿子赶到了。老太太坚称是王宇帆的摩托车把她碰倒的。旁边聚集了不少人，有人说老太太在玩讹人的把戏，有人说肯定是王宇帆撞的，做错了事不承认，还老师呢。王宇帆百口难辩，只好报警。

警察了解了事情经过，知道那边没有摄像头，很难取证。王宇帆把刘小虎拉过来，问：“小虎，你坐在摩托车后面，应该看清楚了吧？”

小虎梗着脖子，理直气壮地说摩托车根本没有碰到老太太。

老太太指责小虎撒谎。

可到底是谁在撒谎呢？警察说没有证据，他们也无能为力。家属也很悲观，一脸无奈。

王宇帆把刘小虎拉到旁边，严肃地说：“小虎，你现在跟我说实话，到底我们的车碰到奶奶了没有？”小虎还是摇头。王宇帆自言自语地说：“怪了，这老太太慈眉善目的，不像是讹人啊。要是咱们撞的，就一定要勇于承担才是。”

小虎小声说：“做这个手术要很多钱呢！我奶奶去年就做过。”

王宇帆一听不对劲，忙蹲下身子再问。这时老太太的亲属和警察也过来了。小虎哇的一声哭了，说道：“老师，咱们不承认不行吗？刚……刚才我坐在摩托车上因为不舒服，所以就把胳膊伸了出去，没想到正好划在了老奶奶的身上，把她弄倒了。”

王宇帆摸了摸他的头，说：“没事了，孩子，承认就好。”

说着站起来，掏出自己的证件和身上所有的钱，对警察说："需要承担什么责任，我们绝不赖账。"并留下了自己的地址。

警察看了他的证件，问："你是市八中的，怎么会在孤家峪教书呢？"

王宇帆说自己是来支教的。一听这话，老太太的儿子说："王老师您放心吧，我们也不赖你，反正治病能给报销一部分，我妈还入了个商业意外险，也能解决一部分，剩下的估计也不会很多。您态度这么好，这让我们很感动。"

王宇帆接过话说："剩下的就算我的。只是我身上没有带多少钱，我会再跟你们联系的。"

回去的路上，刘小虎埋怨道："老师，我家里没钱，要是爷爷知道了，会打死我的。其实刚才我们不承认，他们也没有什么办法的。"

王宇帆语重心长地说："那可不行，犯了错误就该承认，钱的事情你不用问了，只管好好学习。"

回来后，他把这件事在思想品德课上讲了一遍，让同学们就这件事进行讨论。同学们很受启发。刘小虎也承认那天是自己从大石头上摔下来的，怪不得别人。

## 吃请

当草枯叶落、北风吹来的时候，李东峰未雨绸缪，已经把全校的门窗重新修整了一遍，又用新买来的油纸把窗户封好。然后他又做了件令几位支教老师不解的事情，那就是在每个教室里糊了个泥巴炉子。

直到这时，王宇帆才明白，村里的年轻人都外出打工了，没有人会做木工活，所以李东峰就担负起了这项任务，为周围村里的百姓们修补门窗。

天气说冷就冷了起来，学生们早早地从家里背来了一捆一捆的木头柈子。李东峰又把木工房里那些细木条和短木头分到各个教室里，然后生起了炉火。老师就坐在炉子旁边，边讲课边往炉子里添木头。红红的火苗映着孩子们一张张红红的脸蛋，给这寒冷的冬天增添了无限生机和希望。

经过紧张的复习，很快就迎来了期末统考。李东峰踌躇满志，不断地给老师和同学们加油鼓劲，说打翻身仗的时候就要到了。

辛苦没有白费，孤家峪小学取得了历史性的突破，全县第八名，连教育局的一位副局长都亲自打电话来表示祝贺。李东峰的脸上像提前过年了一样，笑得合不上嘴。

这天早晨，李东峰拿着手机来找王宇帆，说有个学生的家长打工回来了，想请老师们吃顿饭。王宇帆让他拒绝了家长的美意。

然而才过了十分钟左右，王宇帆对李东峰说："走，咱们出发。"

"往哪儿出发？"李东峰问。

王宇帆说："去吃请啊。"

"你不是说不去吗？怎么变卦了？"李东峰迷惑不解。

王宇帆呵呵一笑，说："我们就当一次家访吧。"

以前他们也做过家访，但这个学生的家是最远的。他们几个人踏着积雪，一路上深一脚浅一脚地走了一个小时才来到镇上，王宇帆买了两大袋熟食。李东峰恍然大悟，他这是不想给学生家里增加负担啊，于是说道："让你出钱多不好意思。"

王宇帆说："那你就给我报销啊，不过要是那样，还不如把你宰了好受呢。"

李东峰嘿嘿笑着说："下次我买，下次我买。"

对于他们的突然造访，学生家长有点手足无措，连忙张罗着杀鸡。王宇帆生气地说："你要是这么做，我们就该回去了。把这些东西热一热就行。"

李东峰让家长把村里的另外三位家长一块请来，一起好好座谈一下。那三个同学的父母还没有从城里回来，来座谈的是他们的爷爷或者奶奶，有的端来了菜，有的拿来了酒，边吃边聊着。他们给家长提了很多建议，也了解到孩子们家里的许多困难。比如两个学生的爸爸妈妈已经决定不回来过年了，李东峰当场就掏出手机打电话劝说："可以不给孩子们买新衣服，也可以不买玩具，但是要尽量回来陪陪孩子。"家长们在电话那边哭得稀里哗啦，最后决定会尽快回来。

## 职称算个啥

转眼到了三月中旬，王宇帆接到了电话，说让他们几个回八中开会。意外的是，教育局今年给了八中两个副高级名额，然后要进行民意测评。在家跟不在家就是不一样，以前的民意测评王宇帆每次都是稳居第一，这次却是第二。知道底细的同事跟他透露过，这一年刘汉水极尽拉拢之能事，不断放出风来，说去支教的都是不服从管理的人物。尽管大家心知肚明，但谬论说上一千遍就成了真理。最后加上工作量和各种荣誉，综合算下来，刘汉水第一，王宇帆仍然第二，一同支教的刘卫华老师第三。

王宇帆找到刘汉水，说："这个名额不要了。"

刘汉水眼珠子都快惊出来了，结结巴巴地说："你……你没有喝醉吧？"

王宇帆说："给刘卫华吧。"接着就说出了自己的担心，"虽然刘卫华比较年轻，以后会有更多的机会，但是最近他正考虑换学校，这样一个业务尖子，如果走掉会很可惜。再说，这样做也会让其他年轻老师看到希望。"

刘汉水问："你不要后悔啊？"

王宇帆把早写好的保证书拿了出来。

刘卫华很疑惑，自己怎么会被选上呢？

王宇帆解释说："虽然民意测评我是第二名，但综合分你占优势。"

多年的梦想实现了，刘卫华的眼泪都快控制不住了。

王宇帆不想跟老婆解释，他知道这样的结果，任何理由也解释不通，解释不通，干脆就不解释了。

王宇帆却为李东峰感到可惜，今年这么好的统考成绩都没有晋升，也不知道猴年马月才能再等到机会。

这天中午，他跟孤家峪的辛老师在山坡上拉家常。

辛老师问："你们明年还要在这里干上一年吧？"

王宇帆回答道："上面说让我们只支教一年。"

辛老师感叹道："你们要是走了，李东峰可就亏大发了。"

王宇帆一下愣住了，"你，你什么意思？"

辛老师这才意识到自己多嘴了，忙岔开了话题。

"李东峰亏什么？"王宇帆却紧追不舍地问。

辛老师狠了狠心，说道："你还不知道吧，之前他找到县里，又从县里找到市里，执意将这个高级职称的名额让给了你。"

"你说什么？"王宇帆抓住辛老师的胳膊。然后又飞奔着跑进了木工房，揪住李东峰的衣领，对他吼道："快说，职称到底是怎么回事？"

李东峰把他推到一边，心平气和地告诉了他事情的经过。原来这次他去找县教育局，准备提前申请一下，好在暑假里分老师来。局长说今年暑假肯定不行，县里财政紧张，没有招老师的计划，明年才行。他很失望。但局长对他透露了一个好消息，说他的职称问题今年能解决。"当时我也不知道哪根筋不对，就提出来把这个指标拨到你们八中给你。局长觉得这挺难，因为八中是市里的。我就让局长协调一下，局长就让我写了保证书，没想到最后还真协调成功了。"他咕咚咕咚喝了一杯水，说，"我唯一的要求就是你们能在这里再干一年，等明年来了新老师再走。"

王宇帆大声说："你傻啊，这事儿得市里说了才算。"

李东峰嬉皮笑脸地回答道："这不用你操心了，市里已经出台了新文件，说为了保持人员稳定，如果支教老师自愿，可以延长一年。"

回过神来的王宇帆挖苦道："没想到你这个小气鬼竟然舍得每月八百多块钱的收入啊。"

李东峰说："咱俩都一个德行啊。你不也一样缺钱吗？儿子结婚买房连首付你都拿不出，寒酸不？"说着两人哈哈笑起来。

春天里，山上花红柳绿，一片生机盎然。

又过了一个月，刘汉水因贪污公款被"双规"了。王宇帆因为口碑好，被提拔为八中的校长。

临走时，王宇帆拉着李东峰和其他几位老师的手说："请大家放心，我们的支教会继续下去。即使将来不支教了，也会跟孤家峪小学进行手拉手活动。我们舍不得这里的孩子。"

# 这个英雄不一般

## 英雄爱钱财

在外打工的路小涛做梦也没想到自己会成为英雄。那天下班后，他经过一个鱼塘，听见有微弱的呼救声。循声望去，看见鱼塘里有个小孩在胡乱地挣扎着，他不假思索地就一头扎进了水里。掉进水里的是个小女孩，脖子上还戴着红领巾。路小涛费劲地把小女孩拉到岸边，由于自己穿着比较厚的衣服，被水一泡，更加沉重，所以很快就筋疲力尽了。在上岸的过程中，他又被一根树桩给撞了一下，昏迷了过去。等他醒来的时候，发现自己已经在医院里了。得知小女孩脱离危险后，他很欣慰。

这件事被报道出来后，市民们都为之感动。市政府给了他很高的荣誉，授予他“见义勇为”的光荣称号，并给他发了一万块钱的奖金。由于受了伤，他暂时不能打工了，只好先回家，但人还没有到，他的事迹已经传到了家乡，镇里和县里决定对他再次进行表彰。

在镇里接待他的是团委委员温晓娟。他们两个还是中学同学呢。他问温晓娟：“镇里是否要给我一笔奖金啊？”

温晓娟一愣，没想到他竟然说得这么露骨，于是教导他：“你是英雄了，说话办事都要注意影响。实话说吧，领导的意见是给你一万块钱的奖金，但是我认为你要当场宣布把这笔钱捐出来。”

路小涛有点不明白，说：“为什么给了我再要我捐出来，这不是六个手指头挠痒痒多出一道吗？我偏不捐。”

“你不捐是吧？行，反正那是你的事。”温晓娟瞪了他一眼。

接下来去县里，还是温晓娟带队。在路上，温晓娟对他说，一定要谨慎点，别丢人丢到县城里去了。路小涛说：“我这是做了光荣的事情才去县里呢，为什么说我丢人呢？”

温晓娟说：“给了你钱，捐不捐那是你的事，但影响的却是咱们镇里的形象。”

原来是为这个啊。路小涛说：“我可以捐，但是只能捐一部分。”

温晓娟无可奈何地摇摇头，感觉这人有点儿无可救药。

县领导给他戴了大红花，合完影后，问他：“家里有什么困难吗？”

路小涛说：“有。”

温晓娟捅了捅他的胳膊。

领导哦了一声，问：“什么困难？尽管说。”

路小涛说自己想要些水泥和木料。

温晓娟又拉了他一下，小声问：“要这些东西干什么？”

路小涛不耐烦地说：“盖房子。”

县领导很痛快，当场答应给他三吨水泥和一些木料。

这件事情就交由温晓娟具体筹办。联系水泥和木料，把温晓娟累得够呛，等把这些东西运到路小涛家里的时候，她看到他家的房子还是半新的，于是说："要是把这样的好房子拆掉，你简直就是败家子啊。"

路小涛没好气地大声说："你这是咸吃萝卜淡操心，关你什么事啊？"

温晓娟想写篇报道投到市里的报纸上，对路小涛没有当场捐出奖金感到很可惜。想来想去，温晓娟只好写：路小涛不甘落后，想在广袤的农村里干一番事业，致富奔小康，他想发展蔬菜种植业，于是县里批给了他一些水泥和木料……

文章很快就见报了。有人把这份报纸拿给路小涛看，他说："简直是胡扯，我不光不种植蔬菜，还准备给这些种菜的人点儿颜色看呢。"

这话不知道怎么传到了温晓娟耳朵里，她大惊失色，不知道这个路小涛要干什么，别为了奖金的事情，闹出点情绪来。于是就赶到路小涛家里。路小涛正在院子里做水泥板。

"你做这个干什么用？"温晓娟好奇地问。

路小涛连头也没有抬，没好气地说："盖房子娶媳妇啊。"

温晓娟却笑得前仰后合，说："你要娶也是娶个兔媳妇，你看你做的水泥块这么小，只能垒兔窝。"

路小涛说："你要是渴的话就到屋里去喝杯水，别在这里耽误我干活。"

温晓娟问："你不是真的发展养殖业吧？那好，要是遇到困难了，别忘了联系我。"说着做了个打电话的姿势。

路小涛看着她离去的背影，心想：要是靠着你，恐怕凉拌菜都结冰了。

## 英雄有个心结

第一批水泥板做好后，路小涛找了辆车，拉着水泥板来到田野上，用水泥板把那些枯井给严严实实地盖了起来。至于路小涛为何要这么做，还源于他小时候一次难忘的经历。那年他刚刚七岁，有一次他跟小伙伴在菜地里跑着玩，一不小心掉进了一口水泥管做的枯井里，这井足有一百多米深。幸亏他卡在了中间，否则一旦坠落到底的话，不被摔死也会被憋死。小伙伴赶紧回家喊大人，乡亲们拿着各种工具来到地里，还有人去县里的消防队报案。消防队好不容易调来了一台挖掘机。她的母亲跪在众人面前，请求大家快救救孩子。消防队一直奋战了七个多小时才把他挖出来，送到医院的时候，医生说要是再晚一会儿，他的双腿就要被截肢了。

后来他出去上学打工，很少回家，直到前年才回来。他到田野里转一圈，赫然发现，那口差点要他命的井还张着“血盆大口”等在那儿，而且周围又多了不少枯井。他骑着电动车在周围的村庄进行了一番调查，发现这样的枯井全镇有一千多眼，听村民说，这些年有好几个孩子掉进了井里，有的生还，有的则失去了生命。这让他震惊不已。他知道这样的事情村里是解决不了的。

于是就去了镇里。接待他的是镇长，镇长态度很好，耐心听完他的叙述。镇长先问他是哪里人，为什么要管这个。他把自己小时候掉进井里的事情讲了一遍，谁知道镇长听后哈哈大笑起来，说这是个偶然事件，是创伤后的应激反应，所以见了井就害怕。可是当他把近几年其他小孩掉进井里的事情说出来后，镇长沉思一会儿，说会和领导反映，然后向他详细解释道："这是有政策的，虽然打井的时候需要我们批准，但是一旦井打成了，就是谁承包机井，谁负责管理。这都很复杂，需要开会讨论。"

路小涛说："可是咱们镇上近千口枯井这么多年根本没有人管理啊。镇里负责加个盖不就行了吗？"

镇长笑容可掬地说："那得需要多少钱啊？镇里根本就没有这部分资金，这也是需要申请的。"说话的时候，温晓娟正好找镇长汇报工作。他本想让温晓娟帮忙说几句好话呢，谁知道温晓娟也劝他还是不要瞎操心的好，干好本职工作最要紧。

回来后，他决定谁也不找了，求人不如求己。所以他利用打工挣的钱，还有这次见义勇为政府发的钱，准备把这些吃人的"老虎"全部封堵上。

他先来到当年那口差点要他命的井边。多么熟悉的洞口啊，他很感慨。要是当年他被这口井给吞噬了，就没有今天的"英雄"了。想到这里，他毫不犹豫地把这个井口给堵上了。就这样连着忙了好几天，堵住了上百眼井。

这天，他来到自家的菜地，然后隔着篱笆看李二赖家的小菜园。菜园里种着绿油油的小白菜，非常讨人喜欢。可是跟这环境不和谐的是，旁边有一大块光秃的地方，他就跨过篱笆去查看，发现是一口井。这口井跟其他的井不一样，不光井口裸露着，旁边还有一个深坑。一打听才知十几年前这井刚打完，就掉下去了一个小女孩，女孩被卡在管子里，为了怕小孩继续坠落，人们只好采取迂回的方式，从周围挖了一个大坑，把女孩给"兜"了上来。可是这么长时间了，大坑还没有被填上，面目狰狞，像一只饿极了的猛兽，路小涛看着都眼晕，好像这“猛兽”随时会把他吞下去一样。再看看旁边，李二赖家的这块地正好在路边，孩子们上学放学都要经过这里，确实非常危险。

“不行，一定得把深坑填上。”

他马上来到了李二赖家，先提出自己免费帮他填上深坑。

李二赖连忙摆手说不行。他又提出用自己的一亩地换他的那半亩地。

李二赖还是摇头，说：“不中不中，你那是一次性的买卖，我这可是个聚宝盆呢。”

路小涛一愣，忙问：“什么聚宝盆啊？”

李二赖不耐烦地说：“跟你解释你也不懂，我说不换就不换，赶快走人。”说着就把他给推搡了出来。

回来的路上碰见了村里的会计，这才明白了事情的原委。原来李二赖以地里有大坑为借口，每年从村里赖到几百块钱。

“真是个赖皮！”路小涛愤愤地喊道。

第二天，路小涛打电话给李二赖，问：“还有商量的余地吗？”

李二赖却阴阳怪气地说：“你要是真想一次性解决的话，也不是不行。这样，我给你打个折，你出六千块吧。”

路小涛倒吸了口凉气。自己白搭上半亩地，还要再出这么多钱，可真够狠的，不用说，这次还是没有谈成。三天后，再打电话，没想到李二赖竟然同意了，只换地，不要钱了。路小涛感到很吃惊，不明白他为何变化这么快。李二赖也没有解释。他们去村里办了置换手续。

路小涛一刻也没有闲着，连忙找来两个人，把深坑填埋好，又给井口加上了水泥盖。

## 木头不翼而飞

忙了两个多月，路小涛做好了最后一批水泥盖板，这样就能把全镇的枯井都盖好。他打算加快速度，等完工了，就到外地继续打工。这天傍晚，他疲惫不堪地回到家里，却发现堆在院子里的木头不见了。

他忙问妈妈："那些木头哪儿去了？"

妈妈不解地看着他说："不是你让人来拉走的吗？"

他说："没有啊。"

妈妈连说："糟了糟了，今天下午来了两个人，说你让他们把木头拉去加工。这一定是遇见骗子了。"

路小涛很恼火。

这天一大早，他去外面继续给井加盖子。走到田野了，却发现不少枯井旁边竖起了牌子，上面写着几个鲜红的大字：往前靠一步，会坠井而亡。再看看旁边的另一口井，也有一块牌子，字却变成了：掉进枯井，生命难保。他开着三轮车，一连看了十几眼井，每块牌子都做得很精致，上面的字也都不一样。就在他暗自惊奇的时候，旁边的一个娇小的身影引起了他的注意，身上的红裙子被周围的绿草掩映着，在初夏的季节里，像是一团火。

"怎么会是你？"当路小涛看见那张漂亮又熟悉的脸时，他很吃惊地问。

"怎么就不能是我呢？"温晓娟反问道，"你以为天下就你一个人会做好事啊？”

路小涛这才反应过来，连忙问道：“老实交代，我家里的木头是不是被你骗走的？”

温晓娟说：“什么叫骗走的啊？那是我给你帮忙，要不是我，你还不知道会忙多久呢，再说了，靠你自己能做出这么好的牌子？能写出这么好的字？谁不知道啊，你上学的时候，写的字就像鸡挠的一样。还不好好谢谢我。”

路小涛挠挠头，这才想起来，温晓娟的父亲是远近闻名的木匠。但是他仍然恨气难消，说道：“就做这点事，还让我谢谢你，你不感到脸红吗？当初我去找镇长时，你不光不帮我说话，还把我从办公室里轰出来。要不是你，说不定这些井早就加上盖了。”

温晓娟说：“那是你一厢情愿。之前，我其实已经向镇里反映过这件事了，但是镇里真没有钱。另外，当时你不正向镇里申请承包蔬菜大棚补助的事情吗？要是在那节骨眼上出了岔子，事情可就黄了。可是没想到我帮你申请下来了，你却打工去了，连个招呼都不打。”

“原来是这样啊。”路小涛有点不好意思了。

过了一会儿，他恍然大悟，喊道：“那李二赖的工作肯定也是你做的了？”

温晓娟生气地说：“什么李二赖啊？那是我表哥，你放尊重点好不好。”

路小涛说：“尊重什么啊，又不是我表哥。”

温晓娟脸红红地说：“他可是远近闻名的种菜能手，再说，或许以后他也会成为你表哥呢。”说完就抱起木牌子跑走了。

路小涛连忙追了上去。

# 今天咱吃啥

## 分到新任务

接连着上完两节课，张汉山刚走出教室，就被校长王玉兴叫了过去。

张汉山急忙问：“校长，县里的会议对我的课什么评价啊？”

王玉兴把几张照片丢在桌子上，说道：“好着呢，都快成新闻焦点了。”

张汉山拿起来一瞧，都是自己讲课时的照片，边看边笑：“焦点啥啊，当时忘梳头了。”

王玉兴却很生气，用手指着照片说道：“别臭美了，看看你干的好事！”

张汉山反复看也没看出啥。

王玉兴又接着说："我说你傻啊，为什么要用板凳画直线？你自己做的尺子呢？"

"原来是为这个啊。"张汉山笑了笑说，"头两天我上完课，把尺子放在教室门口，正好赶上二牛婶家里的牛惊了，她也不管三七二十一就把尺子拿去赶牛了。我到她家里要了两回，都是锁着门。"

"我不信你不用东西就画不好直线！"

一听这话，张汉山急了，埋怨道："那些人来听课，也不事先打招呼，呼啦啦就来了一大帮坐在教室里，还有照相的，谁不紧张啊？你别说，也幸亏我急中生智，拿起前面的一条板凳当尺子。"

王玉兴沉默了下来，他也不好明说，其实这次县里搞突击听课，跟晋升职称有关，正因为这件事情，让张汉山盼望多年的职称泡汤了。他们俩共事了几十年，也拌了几十年的嘴，每次都是王玉兴缴械投降了事，否则张汉山非得论出个一二三来。这次也不例外，张汉山还准备再发牢骚时，王校长就收拾起照片，说道："其实也没啥，我不就是怕板凳太重，滑下来砸着你的脚吗？我让村里的刘木匠给咱再做几把像样的尺子。"

张汉山站起来就要走。王玉兴把他拉住，说："还有一件事要跟你商量。"

"什么事你赶紧说，我还得去批改作业呢。"

王玉兴说："上面把学生这学期的伙食费拨下来了。"

张汉山一愣："早就该拨下来了，一直等了这么久。"

王玉兴郑重地说："经过慎重考虑，我决定这学期让你给孩子们做饭。"

张汉山马上说："你慎重个啥啊。我的情况你又不是不知道，孩子在县城上学，今年就高考了，老婆在外地伺候她老娘。一句话，我不合适。”

王玉兴问：“那你说谁合适啊？”

张汉山说：“我看你最合适。”

王玉兴也不跟他着急，耐心解释：“我们学校就四个人，冉老师年龄最大，肯定不行。我住在岭上，老李住在岭下，都很远，就你离学校最近。你今年五十二岁，年龄也最小。再说你妻子不在家，一个人连饭也懒得做，还不如跟学生一块呢。”

但是任凭王玉兴磨破嘴皮子，张汉山就是不愿意。他明白给学生做饭可不是闹着玩的，别看只有中午一顿饭，操心费劲那不值得一提，可是这责任大着呢。

王玉兴只好说：“要不咱抓阄吧。”

张汉山只好同意，王玉兴就召开了学校全体教师紧急会议。宣布了上述决定，张汉山一点都不紧张，他教数学，一下就算出了百分之二十五的概率。可是没想到，还是让他给抓到了。看他一脸的愁苦，大家就起哄说：“买彩票去吧，肯定中奖。”

王校长说：“上级决定，从这学期，在食堂兼职的老师也可以跟学生一样，每天享受三块钱的补助。周末除外。”

张汉山大声说：“你们有愿意干的吗？我让出来。”

大家笑着说：“你再贴给一块我们也不干。”

等另外两个老师走后，张汉山对王玉兴说：“我怀疑你做手脚了。”

王玉兴两手一摊，把阄往他面前一摆，说：“你查吧。”

张汉山也没有真查，只是说：“我就纳闷了，咱俩这几十年了，怎么啥好事都轮不上我呢？包括你这校长的位子，那时上级都跟我谈话了，可是一查，我竟然比你晚转正一年。”

王玉兴笑呵呵地说：“那都什么年头的事情了，你唠叨多少遍了。”并悄悄地把那几个纸团放进了抽屉里。然后他对张汉山说了很多注意事项。

张汉山说了自己的条件：“我也不随孩子们一块吃，至于补助，就按每天两块给我吧，剩下的一块，我每天随孩子们喝一袋奶。”

王玉兴想了想，就同意了。

## 中毒事件

张汉山可够忙的了，他把自己的课都调到了前两节。上完课后就跑进教室旁边的小厨房里忙活。按照上级给定的食谱，学生每人每天一个鸡蛋、两个馒头、一碗菜、一袋奶，这些都由镇上的批发点给送货。按说张汉山只管煮鸡蛋、炒菜就行，但是他又擅自加熬了一锅玉米粥。

有孩子问：“老师，你怎么拿自家的玉米面给我们喝啊。”

张汉山说：“你们可不能白喝，等秋天让爸爸妈妈来帮我收割玉米。”

一个小女孩认真地说：“我爸爸会杀猪，要不把你家里的猪给我们吃吧。”

张汉山做了个打人的手势，说道：“吃了猪肉会变成猪脑袋，怎么上大学啊？”

小女孩也不怕他，伸伸舌头，做了个鬼脸。

这天下午上课前，王玉兴来通知张汉山开会。张汉山正在打扫食堂，王玉兴也没跟他说话，因为他看见张汉山嘴里正嚼着鸡蛋呢。

会上，王玉兴把重要的事情讲完后，又补充了一点内容：“我们某些老师，一定要行得端做得正……”他越说越气，最后大声嚷道，“不抢吃学生那个鸡蛋会饿死你啊。”

张汉山哗的一声就站起来了：“你说谁呢？今天你讲明白，谁抢吃学生的鸡蛋了，别指桑骂槐的！”

王玉兴仍然铁青着脸，坐在那里不说话。

张汉山说：“刚才打扫卫生的时候，看见板凳下面有个鸡蛋黄，怕浪费，我就拾起来吃了，这还需要向你汇报啊。”

王玉兴也不示弱：“不会这么简单吧。”然后就拿下墙上的哨子使劲儿吹起来，学生们争先恐后地跑出教室。

全校三十多个孩子站成三排等着校长训话。

王玉兴大声地问：“今天谁没领到鸡蛋？”

没有学生举手。

张汉山过来用膀子把王玉兴撞到一边，问：“今天谁没吃到鸡蛋？”

还是没人举手。

他又大声问：“今天谁没有吃到鸡蛋黄？”

一个小女孩怯生生地举起手，小声说：“我把鸡蛋清吃了，本想把鸡蛋黄藏起来拿回家给妹妹吃，这……这才发现衣兜破了。”

张汉山挑衅地看着王玉兴，王玉兴没有理他，过了一会儿才说道：“不对，怎么少了个学生？”站在一旁的冉老师说辛晓武请假了。“那他的鸡蛋呢？”王玉兴质问。本想唬住张汉山。

但是张汉山却问：“今天哪个同学说要把辛晓武的鸡蛋捎回去啊？”

“是我，在这里呢。”一个同学说着就举起了手里的鸡蛋。

王玉兴脸色越来越难看，只好回屋了，临走撂下一句话：“这也不行，以后捡了东西要，要交公！”

要不是其他老师拉着，张汉山非要把王玉兴的门踹烂，然后跟他拼个明白。

一个月过去了，孩子们的营养跟上了，一个个的小脸上红润多了，上课打瞌睡的也少了。可张汉山却出事了。

中午放学后，王玉兴刚回到家里，就有一个村民气喘吁吁地跑来说张老师中毒了。王玉兴骑上自行车就往学校赶，看见张汉山正斜坐在食堂门口，脸色蜡黄。“你没事吧？”

张汉山有气无力地说：“没事，死不了，就是上吐下泻，一定是喝牛奶中毒了。”

“你说什么？”王玉兴急眼了，再往里头看，学生们一个个啃着大馒头吃得正带劲呢，每个人面前竟然还有一个苹果。

“孩子们肯定没事，我没让他们喝牛奶。”张汉山说。

王玉兴这才心里一块石头落了地。他叫了个村民临时来照看孩子们吃饭，然后找了辆车把张汉山送到镇卫生院。镇长也来了。王玉兴把几包牛奶递给镇长，镇长让人拿着到县里去化验。结果很快出来了，果真是牛奶有问题。

王玉兴后怕地对张汉山说：“幸亏没让孩子们喝，否则就出大事了，给你记特等功都不为过啊。”

张汉山笑着说：“有我这个试验田，孩子们能不安全吗。”

王玉山在他胸口砸了一锤，说：“原来你每天喝包奶就是为了这个啊！”

“你明白就行，牛奶是最薄弱的一个环节，尤其是天热了，更容易出问题。”

王玉兴问：“那苹果是怎么回事啊？”

张汉山笑笑说：“到县城去看儿子时捎回来的，让娃娃们每周吃上一个，不是更有营养吗？”

王玉兴说：“每天补助你的两块钱就这样被你折腾干净了吧，本来是想让你多份收入的。”

后来换了牛奶供应商，此事也算得到圆满解决。

## 招待记者

五一了，岭上已经是树绿花红。张汉山自己种的小菜园也疯长，他可以给孩子们多加几道菜。

这天上午，王玉兴看见两个穿西装的人在校园里转悠，已经好长时间了。当这两个人拿着脖子上的相机拍照的时候，他心里有谱了。于是他把张汉山叫过来，问他家里养活的那几只鸡多大了。张汉山说：“马上就要下蛋了。”

王玉兴把手一拍，说：“太好了，赶紧弄两只来宰了。”

“你疯了？还不如把我宰了呢！”张汉山叫道。

王玉兴问：“宰你，能炖出鸡肉来？”然后用手一指外边的两个人，说，“知道他们是干什么的吗？”

张汉山不解地问：“是干什么的？”

王玉兴说：“那是记者。”

这倒把张汉山吓了一跳。王玉兴说：“记者来咱这里，肯定是写报道的，要是把咱们学校现如今的困难写了发在报纸上，办学条件就会大大改善，一个记者能顶好几个县长，你信不？”

张汉山赶紧回家准备去了，后面传来王玉兴的话：“一定要宰两只啊。”

王玉兴跑过去搭讪：“请问二位是记者吧？”

两个人这才停止了照相，先怔了一下，然后才点点头，问：“你是谁？”

王玉兴回答说：“我是这里的校长。”然后他毕恭毕敬地把两位记者请进办公室，三个人亲切地攀谈起来。

这边，张汉山已经麻利地杀好了鸡。不一会儿，满校园里就飘起了诱人的香味。孩子们一个个从窗户里伸出小脑袋，贪婪地闻起来。老师和他们讲过今天中午有重要客人，一定遵守纪律，好好表现。

吃饭时间到了，王玉兴把两位记者领进食堂。孩子们已经列队欢迎了，并大声叫“叔叔好”。两位记者高兴地跟他们打招呼，然后在一张大桌子旁边坐下。桌子上已经摆上了几道青菜、两盘鸡蛋，还有一个主菜：满满一大盆鸡肉。尽管有言在先，但孩子们还是禁不住往这上面瞄。

张汉山过来告诉他们不准看，然后说：“今天我们的鸡蛋不够吃了，大家互相分一分，等我家的鸡下了蛋，会补给你们的，今天我给你们做了鸡汤泡馍，大家一定好好吃噢。”孩子们都懂事地点点头，坐在小桌子上老老实实地吃饭。

王玉兴拿来两瓶酒，几个人喝了起来。两位记者起初不怎么喝，张汉山就说：“没事没事，我们四个人喝两瓶酒，不多的。”

记者这才放开了量。等喝得差不多了，王玉兴就说：“记者同志，要是不信，就请看看孩子们用的学习用品吧。”

记者说不用了，这里的孩子确实挺苦的。一个记者见几个孩子在合吃一个鸡蛋，这才发觉他们的鸡蛋都放自己桌子上了，于是不好意思地要放回去，却被王玉兴拦住了："记者同志，这就见外了，我们也没啥招待的。咱没有别的要求，就是希望你们在省报上报道一下我们这里的实际情况，一来能改善我们的办学条件，二来能把我们校园的围墙建起来。"这时张汉山把一个女孩领了过来，对记者说："我们全校同学的铅笔盒几乎都是这个孩子送的。"

记者一愣，不明就里。张汉山说："她爸爸一直生病，她就把盛针药的纸盒子留下来分给同学们。孩子们的书包没有一个是买的，都是他们的妈妈用布自己缝制的。"

看着一个个衣衫褴褛的孩子，两位记者大为感慨，取下相机，一阵猛拍。

记者走后，王玉兴几乎天天都坐在电话旁边，可是根本没有接到一个捐助电话。眼看六一儿童节临近了，张汉山一天几次过来催问："要是这事办不成，你就赔我两只鸡。"两个人急得抓耳挠腮。

这天，王玉兴高兴地说邮局里送来一个大包裹。全校老师集合在一块，王玉兴小心翼翼地打开，里面是一堆铅笔盒，还有不少笔。上面还放着一封信。王玉兴拿起来一念，傻了。原来，这两个人根本不是什么记者，而是两个小偷，那天他们是来踩点的，准备偷二牛婶家的两头大黄牛，没想到被当成了记者。但是通过那顿饭，了解到孩子们的困难，他们竟然被感动得一塌糊涂，所以寄来了这些礼物。

张汉山经过快速计算，这些东西的价格绝对高过两只鸡，也就坦然了。

不过，看着王玉兴痛苦的样子，张汉山说："你是教语文的，把这个事情写一写。"

王玉兴说："写这干啥啊？没用。"

张汉山执意说："我们可以作为一个教训。"

于是，王玉兴就把这件事写了下来，张汉山还拿走了自己讲课时的照片。

到了星期一，张汉山对王玉兴说："你哪里也别去，就守着电话。我就不信，连小偷都能感动，难道还感动不了其他人？"弄得王玉兴莫名其妙的。不过就在离儿童节还有三天的时候，王玉兴桌子上的电话就丁零丁零响个没完，全是要求捐赠的。还有不少爱心人士来跟孩子们一起过节。同学们的学习用品和老师的办公用品基本上解决了。

他问张汉山怎么回事。张汉山只好坦白，说周末到县城看儿子的时候，让儿子想想办法，儿子就领他进了网吧，把王玉兴那篇文章，还有自己讲课时用板凳画直线的照片发在了网上，引起了很多人的关注，他们纷纷伸出援助之手，没想到效果会这么好。

儿童节这天，校园里充满了欢乐的气氛，很多学生连自己的弟弟妹妹们也带来，甚至孩子们的爷爷奶奶也来了不少。孩子们穿戴整齐，胸前飘扬着鲜艳的红领巾。他们先表演节目，然后敲锣打鼓，吹吹打打的，好不热闹。王玉兴发表了热情洋溢的讲话，接下来就给孩子们分发了礼物。

## 准备交班

夏天的夜晚很燥热。担任护校任务的张汉山就拿着席子来学校的房顶上纳凉。

没多久，王玉兴竟然也来跟他做伴，他们东拉西扯了很多。

“你想当校长不？”王玉兴冷不丁地问。

张汉山说：“怎么不想啊，就你这水平都当了这么多年，我要是不当，多浪费人才。你连个教育经费都要不来，早该下台了。”

王玉兴也不生气，说：“上边真决定了，我下你上。”

张汉山一下坐起来，说：“别开玩笑了。”

王玉兴没有搭理他，而是继续说：“上任后，你一定要顶住压力，就用现在的供应商。”

张汉山说：“是啊，这个供货商比较忠厚守信，无论数量还是质量都比以前的好多了。不过你千万别把这个摊子甩给我啊，让我多活几年吧！”

其实张汉山不知道，本来是要从外面另调一名校长来，同时把王玉兴调走。可是他舍不得离开这个地方，于是找到县教育局领导，极力推荐张汉山，因为他知道能顶住压力的也只有张汉山了。

张汉山问：“我当了校长你能听我的命令不？”

王玉兴回答道：“你做对了就听，你要是错了就跟你干仗。”

他有节奏地摇着蒲扇，一会儿就睡着了。凉风袭来时，还夹杂着露珠儿的味道，不远处，传来蛙声一片。

# 欠债

## 一

韦平安坐在汽车里，两眼紧盯着车窗外。尽管天气很好，阳光也灿烂，可此时他的心里却很冷。他盼望着有个歹徒突然来到面前，朝自己头上开一枪，或者拿一把锋利的匕首刺向自己的胸膛。没有人会盼望着自己死，除非遇到了前所未有的困难。

韦平安努力回想着这四十年来自己走过的路。除了童年时代挨饿的场景，就是大学毕业后所经历的坎坎坷坷。他先是进了一家小型企业，靠着过硬的技术，当了主任，但让他愤愤不平的是，几乎没有人叫他主任，人们习惯了见面喊他“平安”。可是他渴望人们实实在在地喊他一声“主任”，就像他见了所有的领导那样毕恭毕敬。也许自己长得太瘦了，根本没有领导的派头。

后来厂子倒闭，自认为文学功底深厚的他开始尝试写作，倒是发表了几篇小文章，但是可怜的几笔稿费，连买稿纸和碳素墨水的钱都不够。不过，有个叫夏莲的漂亮美女，看了他的文章后，爱他爱得死去活来，后来他们就结婚了。那个时候，女青年为文学献身的例子不少。然而父母却说："你再这样折腾下去，非把一家人饿死不可。"

韦平安发现自己具有超人的才能是在五年后。他利用自己大学时期学生物专业的优势，开发了一种新产品，制造出来后，获利颇丰。这让他很兴奋，自己的价值终于发挥出来了，可是由于缺少资金，产量根本上不去。没有办法，他就找亲朋好友借款，并许诺了比银行里高得多的利息。当把第一笔钱收起来刚要投产的时候，一个朋友来找他了，让韦平安把这笔钱让给他。

"你疯了吗？现在我正急需用钱。"他生气地问。

可是朋友说："我没有疯，你的产品开发周期太长，再说市场如战场，说不定等产品生产出来就是淘汰品。我不白用，利息你说了算。"

鬼使神差，他信了朋友的话。朋友是个讲究信用的人，钱用了一年，回来的时候，数额几乎翻倍了。这让他瞠目结舌。不仅让他如约还完了亲朋好友的利息，又把剩下的钱都贷了出去。一传十，十传百，来他这里放钱的人越来越多了，于是一家名为"金太阳"的公司挂牌成立了，当然仍然打着生产高科技产品的旗号。

公司业务发展迅猛，现在每天进进出出的现金多达上千万，高峰时期来这里放款和贷款的人都排队排到公司的大门外面了。到现在为止，"金太阳"已经发展成一家集资本管理、休闲理财、贷款、中介、担保为一体的多元化、规模化的投资企业，他也成了全县的名人。

## 二

其实想死是件很容易的事情，但死是没有用的。

韦平安记得去年他把四千万的钱装在麻袋里自己开车送来的时候，是多么小心，就怕出事。为了尽可能低调，他只身一人驱车数百公里，把钱交给了被称为战略合作伙伴的王晓建。现在，为了催这笔钱，他又只身一人来到这里，尽管事情办得很不顺利，但也比他想象的要好一些，贷出的款，收回了一半。在来之前，对方告诉他，生意做赔了，钱大多已经打了水漂。他急得上火，从家里来的时候已经做了最坏的打算。他是一个喜欢把结果想在前面的人，他告诉老婆，自己如果一个星期还回不来，又接不到电话，就赶紧把公司关掉，然后躲起来，他甚至给老婆买了一部新的手机和一个新号码，方便出事后两个人联系。仅仅做了这些还不够，他年前就让弟弟带着自己的儿子出国了。

要是只有这两千万的亏空，他还有咸鱼翻身的机会。可是从年后开始，几个地方的放款都出现了收不回来的迹象，这将会对公司产生了重大的影响，足以把他压倒。因为他的公司都是一个季度结算一次，而这个月底就是该大量还款的时候了。于是他赶紧打电话给其他合作伙伴，想抽回部分资金。可屋漏偏逢连阴雨，竟然有两个已经跑走了，这可是他最大的两个客户。韦平安一下子惊呆了，感到背上冷飕飕的，有种末日即将到来的感觉。

他忽然想起来，大约是去年，妻弟的老婆向他推销一种人身意外伤害保险，说成功人士大都选择买这种保险。他对保险一向不怎么感兴趣，但是拗不过她的软磨硬泡，只好让她找自己的老婆谈。

当老婆把一个非常大的数额告诉他的时候，他惊讶得张大嘴巴，“你疯了吗？我值这么多钱吗！”老婆说，就算帮帮弟媳吧。

他打算让人把自己杀死，然后就可以兑出这笔保险，加上多年的积蓄，老婆孩子以后的日子就无忧了。否则公司倒闭了，他会被人撕成碎片的。

连续两天了，他把汽车开到城乡接合部。这里应是当地最乱的地方，没有哪一个有歹意的人会漠视他这辆豪华小汽车。他甚至在车前面放了一沓钱。坐在车里，他梳理了一下思路，看还有哪些地方没有安排妥当。他忽然摸到胸前那张用弟弟的名义办的银行卡，里面存了自家的大笔钱，还有刚要到的那两千万，这些钱绝不能这么带在身上啊！

于是他启动汽车，打算把卡交给在这个城市里居住的表妹。表妹家离郊区并不远，他把车放到楼下，上了楼，对表妹简单交代了一下，嘱咐她如果自己三天后不能来取，就想办法把卡交给他老婆，并告诉了她一个地址。自认为安排得滴水不漏之后，他下了楼。可是车却不见了，他这才意识到刚才上楼时，可能没有锁好车门。他真着急了，车里放着他的不少随身物品。表妹劝他赶紧报警，他拒绝了。

他随便找了个宾馆入住。在宾馆待了一天一夜，因为事情太多，他近来不断地失眠。第二天早晨，他疲惫不堪地走出了宾馆，打算在外面先吃点东西再说。不经意间从一个食客手中的报纸上瞥见了自己的名字，于是他赶紧买了一份同样的报纸。在第二版，赫然出现了一个题目：《环城河惊现一豪车，大富豪韦平安失踪》，他匆匆浏览了一下文章内容，得知歹徒把汽车盗走后，却发生车祸，汽车翻倒在河里。警察从车上的物品中发现了有关自己的信息。

韦平安想，现在这个消息也一定在老家传开了。他兀自笑了一下，没有被杀，却被“失踪”，但失踪是无法从保险公司拿到赔偿的。他想如果失踪就来个失踪吧。他很后悔这次没有把护照带出来，否则完全可以开溜到国外跟弟弟和儿子会合。

## 三

他只好坐火车回到家。走的时候，当地有关部门还忙着在环城河里打捞他的“尸体”。

他想回家去拿护照。当然他是化装了的，戴了假胡子，穿了让自己显胖的衣服，并买了一顶鸭舌帽。多年在商场上的摸爬滚打，使他练就了料事如神的本领。

当地政府已经启动了应急机制，应对百姓的上访潮。公司被贴上了封条，并派专门的人员对那些拿着条子的人进行说服和劝解工作。尽管如此，仍有大批人每天来到“金太阳”公司门口，在这里聚集、埋怨，甚至辱骂。他感觉非常惭愧，但也很无奈，这一行现在是高危职业，带来大笔利润的同时，也可能会让你一下子跌入万丈深渊。

来到了自己家所居住的小区，那座豪华小别墅就是他的。楼前面聚集了很多人，他们手里白花花的单子在阳光下特别刺眼。韦平安的老婆夏莲在一遍遍地跟众人解释，说平安只是失踪，又没有死掉，我们怎么会赖大家的钱呢！

韦平安知道夏莲话虽这么说，但内心肯定也是很虚的，作为财务总监的她，不会不知道公司入不敷出已经很长时间了。即使他不失踪，公司崩盘也是迟早的事情。他甚至有点儿庆幸，这场“暴风雨”

来得早了一些，否则会对不起更多的人。因为在出发前，会计说还有几个老太太想投资，只不过想把利息再提高一点。他说："好的好的，等我出差回来再说。"他为这几个老太太感到万分庆幸，否则她们今天也会站在这里，在阳光的暴晒下，暴跳和谩骂。几万块钱，对他韦平安来说算不了什么，但对于她们，就是养老的钱、保命的钱。

他这才明白，老婆是根本没有办法逃出来的，即使是晚上，这里也会有人把守着。他的手机没有了，只能用公用电话，可是门面房里那些公用电话都有老板在旁边，根本没有办法说点机密的事情。再说万一被认出来怎么办。

人越聚越多，小区已出动保安来维持秩序。韦平安看见了一个熟悉的身影，那个瘦弱的小老头，不就是自己的同乡王老伯吗？他也投资了？带着疑惑，他装作若无其事的样子，慢慢走过去。王老伯对着他大夸韦平安，说："这小子有本事有能耐，要不是失踪或者出事，绝对不会干这种赖账的事情。并请大家多理解，不要做过河拆桥的事情。"但随之招来的是众人的围攻和辱骂，说他站着说话不腰疼。"你是说客吧？小心被人抓去打死！"有人威胁他。王老伯微微一笑，说："我是什么说客啊，我在里面还放着十多万呢！"

韦平安心里一惊。小的时候，家里穷，王老伯没少接济自己，可是现在他竟然因为自己而血本无归了。

正在这时，远处两个男子正朝自己走来，他仔细一看，原来是两个结拜的兄弟，他们好像都投了上百万。要是认出自己，情况可就严重了，于是想赶紧走开。

他把帽子往下拉了拉，转过身。这时一辆摩托车飞驰而来，车上两个小伙子嘴里大声喊叫着："不给钱就拆他家的房子！"

韦平安感到眼前冒了一阵金星。他根本无法躲闪，摩托车从他身上碾压而过，随后，就什么也不知道了……

这下，无论是投资的老百姓，还是当地政府，心里都亮堂了。兜里的卡上的钱，加上那笔被车撞的巨额保险赔偿费，完全可以应对当前局面了。

躺在病床上的韦平安始终微笑着，好像在告诉人们："借钱要还，天经地义，逃也逃不过。"

不过，他的老婆趁乱带着家里所有的财产跑了，一点音信也没有，估计已经出国了。

# 处心积虑

## 一

市公安局接到了铁塔分局上报的一个案子：一个叫徐婵婵的外地女孩被奸杀在出租屋里。现场勘查收获很多，发现了疑犯的名片，还有一个带体液的避孕套。不过，让人感到棘手的是，两个当天去过出租屋的男子王峰和史建刚都无法排除嫌疑，两张名片就分别属他俩。而且王峰还跟徐婵婵发生过关系。在公安局里，他们承认那天去过徐婵婵的出租屋，但都矢口否认自己是凶手。

铁塔分局办案能力本来就不是很强，几个刑警又到外地办理另一起案子了，人手不够，于是请求市局支援。这个任务就落在了老刑警刘忻的身上。

在案情分析会上，众人各抒己见，讨论热烈，而且大都倾向于王峰是凶手，因为安全套就是他用过的，认为他先强奸徐婵婵，又杀人灭口。反对的人则说，也许是王峰先到的，跟徐婵婵发生完关系后离开，史建刚又来，因为他没有强奸成功，又怕暴露，所以就杀死了徐婵婵。“请大家注意，王峰不是对徐婵婵实施强奸，他们发生关系应该是双方自愿的，如果强奸的话，不可能用安全套。”刑警队副队长大李也倾向于史建刚是凶手，王峰跟徐婵婵发生关系离开后，史建刚进入出租屋并杀死了徐婵婵。

刘忻分别提审了这两个人。王峰称自己做点小生意，认识徐婵婵纯属偶然。一个月前，他开车去办事，路上不小心剐蹭到了一个叫徐婵婵的女孩。被撞了后，她当即就蹲在地上。王峰吓坏了，赶紧从车上下来，提出要送她去医院。女孩虽然很痛苦，但是一句话让王峰非常感动。她说：“就一点小伤，去什么医院啊。麻烦你送我回家就行。”于是他就把女孩扶上车，送她回了出租屋。当他提出是否赔点钱时，女孩说不用，说要是没有什么大碍，休息几天就行；要是有什么状况的话，再联系你。女孩开玩笑地说，不打不相识，说明咱俩有缘分呢，然后朝他妩媚地一笑。她把自己的手机号码说给王峰，让王峰打过来。互留号码后王峰就离开了。之后的三天，王峰都是在忐忑中度过的，生怕女孩会打来电话，但是还好，一直没有什么动静。王峰过意不去，就买了一堆礼物去看她。没几天，徐婵婵已经能够下床活动了，这让王峰的担心一扫而光。徐婵婵爱说笑，而且又长得漂亮，可以说是人见人爱。中午的时候，王峰去外面买了一些饭回来，两个人边吃边聊，十分融洽。虽然王峰已经结婚了，但两个人经常接触，慢慢地竟产生了感情。案发那天是周末，徐婵婵打来电话，说很想让人陪。他放下手中的工作就过来了，两个人缠绵了四十多分钟后，他就匆匆离开了，之后王峰就再也联系不上她了。王峰想也许她已经离开了这个城市，一段恋情能好说好散也算是完美的结局。

而史建刚的交代更加简短，他说跟徐婵婵根本没有什么特别的关系。自己开了家小超市，案发的前半个月时间里，这个女孩经常打电话让他送食品过去。那天上午徐婵婵让他送些火腿、腊肉之类的食物，他送去后，拿了钱就离开了，前后连十分钟都没有。

刘忻知道，当案件陷入僵局的时候，最好的办法就是重回现场。这是一套两居室的房子，陈设比较老旧。房东介绍，这房子是半年前徐婵婵租下的，至于她平时跟什么人来往，房东就不知道了。发现女孩尸体的也是房东。该交房租了，可是却打不通她的电话，敲门又不开，房东就用自己手里的钥匙打开了房间，这才发现了床上的徐婵婵。经法医鉴定，徐婵婵四肢被捆绑，死于窒息。

现场如初，两张名片散落在地上。大李介绍说当时徐婵婵的手机放在床头柜上，上面有两条信息，一条是发给王峰的，另一条是发给史建刚的。信息内容都一样：你一个小时后过来吧。她为什么发这样的信息？这是刘忻第一个疑问。她的衣橱里面有明显翻动过的痕迹，这是故意制造的假象？还是凶手真想找什么东西？

凶手用拖布把房间清扫了一遍，所以现场没有提取到任何脚印。刘忻看见墙上挂着一本挂历，翻开来看，上面有一个用铅笔写的车牌号。大李说这是王峰那辆车，并补充道：“我们在第一时间查扣了他的车，而且还从他车上发现了胶带，跟捆绑死者的一样。”刘忻告诉大李，要对笔迹进行鉴定，看是不是徐婵婵写的。

# 二

第二次案情分析会上，争论仍然很激烈，刘忻最后说："不用在王峰和史建刚身上费时间了，他们两个都不是凶手。真正的凶手设了一个套，等着我们往里钻。"大家听后都很诧异。

刘忻一一答疑：首先，凶手从容地打扫了现场，但是却把两个名片扔在了地上。如果他俩是凶手，能有这么傻吗？第二，王峰是凶手的话，他会把同样的胶带放在自己车里吗？会把自己用过的安全套放在卫生间里吗？第三，也是至关重要的，就是那两条短信。很显然这是精心编写的，可是她为什么要发这两条短信呢？目的只有一个，那就是误导警察。真正的凶手是在向我们提供假线索，而他在背后正窥视着我们。这个案子最蹊跷的地方就是线索比较多，多得让人感到太假。从目前的情况看，向王峰栽赃的可能性最大。

大李提醒大家，凶手有反侦查经验，应该被公安机关打击处理过。

徐婵婵手机上的电话很少，除了打给父母的，就是打给王峰和史建刚的，其中打给王峰的最多。警察先从王峰的仇家开始查起。可是据王峰交代，他才做酒水生意不久，平时为人和善，没有什么仇人。警察查了两三天，一无所获。

这条路走不通，只好围绕死者来进行调查。警察拿着徐婵婵的照片去找人辨认。这注定是条艰难的路。因为徐婵婵是半年前从外地来这里发展的，认识她的人并不多。但功夫不负有心人，终于一个线索引起了专案组的注意：有个在大酒店做财务的女孩说徐婵婵曾经在她们那里干过一个月，后来由于待遇问题跟老板闹翻了。她记得很清楚，那天徐婵婵跟老板吵架后，就打了个电话，好像是叫人来接她。一会儿徐婵婵就出门了，这个女孩不经意地往外看了一眼，发现徐婵婵上了一辆红色的豪华车，那车是新的，特别炫。车开走后，她还跟几个同事探讨那车是什么牌子的呢。

## 三

根据女孩对车的描述，警察全力查找那辆豪车。这倒不是难事。这个牌子的车在当地不多，一查就查到了这辆红色的豪车。车主叫刘训，警察开始对他展开外围调查。他是一家私营企业的老板，资产达数千万。他原来的名字是刘栋，十几年前因为盗窃被抓过，坐了三年的牢。据说出狱后为了表示吸取教训，跟过去彻底再见，特意改成了现在的名字。警察为之一振，刘训很符合他们之前对凶手的分析。警察进一步跟踪，发现他最近跟公司里一个年轻漂亮的女子经常在一起，不是吃饭就是到郊区呼吸新鲜空气，非常潇洒。不过随着调查的深入，结果让警察大吃一惊，这个漂亮的女子竟然是王峰的妹妹王晓。

王峰跟徐婵婵是情人关系，王晓是王峰的妹妹，又在刘训的公司里，跟刘训关系不一般……这里到底有着怎样的隐情呢？难道王峰的婚外情暴露了，为了维持哥哥的幸福家庭，王晓请求刘训杀掉徐婵婵？

警察再一次提审王峰。问他认识刘训吗？他想了想说认识，不过没有见过面，只是听说过，妹妹就在他的公司。刘训疯狂追求妹妹王晓，但由于他离了两次婚，而且听说人品也不咋样，所以一家人都很反对这桩婚事。“我是最坚决的，要不是我把她的身份证藏起来，她已经跟刘训登记了，为此我还打了妹妹一顿。”王峰说。

刘忻眼前一亮，追问道："刘训知道你打妹妹的事情吗？"王峰点点头，说应该知道。

一个侦察员在跟踪刘训时，不慎被他发觉。为了防止夜长梦多，专案组决定马上对他实施抓捕。刘训非常抗拒，说抓错人了，扬言要告警察。其实，警察手里的证据并不多，但是通过他否认认识徐婵婵这一点，就足以说明他心里有鬼。当警察把他开车到酒店接徐婵婵的事情告诉他时，他只好承认跟徐婵婵打过交道，不过那只是跟她玩玩而已，交往了不到一个月就分手了。他表态说："因为以前坐过牢，现在自己事业有成，再也不敢作奸犯科了。"警察当然不会仅听他的一面之词，但是定罪需要一个决定性的证据。侦查员从他的办公室里搜到了一个手机，上面有一个跟徐婵婵的通话记录，但这不足以说明他杀害了徐婵婵。让人感到奇怪的是，这通电话就是在徐婵婵死亡的前一天打的。不是说只交往了一个月就分开了吗？对此，刘训的解释是他想徐婵婵了，想把她约出来吃个饭。他谎话连篇，明显不能自圆其说了。

## 四

在徐婵婵的床下面，警方曾经找到了一张银行卡，这张卡上存有六万块钱。警察马上对这六万块钱的来历展开调查，钱是分几次打进来的，而通过银行的监控，警方发现往里面打钱的竟然是刘训公司的一名员工。这名员工交代钱是刘训让打的。

警察把王晓请到了公安局。王晓对哥哥跟徐婵婵有婚外情的事完全不知情。刘忻问她，刘训跟你哥哥之间到底有多大的仇恨？王晓想了想说："哥哥就是反对我们的婚事，所以刘训有可能忌恨。不过，这跟徐婵婵的死有什么关系？"听语气，她还在对哥哥的阻拦耿耿于怀。

刘忻没有正面回答他，而是反问："假如是有人向你哥哥栽赃呢？"王晓马上摇了摇头，说绝对不会。她想说什么，又有点犹豫。这个表情被刘忻捕捉到了，马上追问她想起了什么事情。王晓支支吾吾地说："我一个朋友在邮局里，昨天在路上碰到我，说有寄给我嫂子的两封信被退回来的，因为没有寄信人的地址，所以在邮局里放好几天了。"

警察马上把这两封信取了回来，打开一看，竟然是王峰跟徐婵婵的床照。是一个月前邮寄的，两封信前后相隔时间为十多天。信之所以会被退回来，是因为寄信人写错了地址，把东明路，写成了东朋路。

专案组做了笔迹鉴定，结果显示信是刘训写的。不过这又让警察感到莫名其妙，他为何要这样做？仅仅是为了报复王峰阻挡王晓跟他交往吗？

刘忻先问了王峰。王峰也判断这就是刘训在报复他，目的是搅得自己家庭不和。"刘训认识你妻子吗？"刘忻问。王峰摇摇头，说应该不认识。刘忻特意提醒他，刘训以前叫刘栋。没想到一听这名字，王峰眼睛瞪大了，连忙问："他真叫刘栋？"刘忻点点头，并把手机拍到的照片拿给他看。王峰这才说："我们是中学同学，而且还是……还是情敌。一开始刘栋追求过我妻子李芸娜，但是在他坐了监狱以后，本来就不看好他的李芸娜就跟我结婚了。"

## 五

真相露出端倪了，警察把两封信拿给刘训看，他脸色马上就变了。然后长长地叹了一口气，喃喃地说：“真是聪明反被聪明误啊……”他开始交代了……

原来，出狱后，刘训来到这个城市里投奔一个做实业的亲戚。由于他精明能干，很快就独当一面了。后来，他就出来单干，没想到越做越好，来他公司应聘的人中有不少是大学生，包括漂亮的王晓。王晓刚一到来，就引起了他的注意，为了方便接近她，他让王晓在办公室工作，此时他正第二度离婚。由于他能说会道，很快赢得了王晓的好感。一次聊天中，得知她竟然是王峰的妹妹，夺女朋友之恨油然而生。只得到王峰的妹妹还不够，他还想跟王峰的妻子接近，以图报复，至少不能让王峰过得这么舒服。为此他需要一个机会。

机会是在他认识了徐婵婵之后发现的。徐婵婵在一家酒店做推销酒水的工作，刘训经常去那里吃饭，两人就熟悉起来。在刘训的花言巧语和一掷千金的豪气面前，年轻漂亮的徐婵婵，很快投入他的怀抱。

刘训让她去勾引王峰，徐婵婵气愤地问他是不是疯了。但是当刘训开出了二十万的高价之后，徐婵婵说考虑考虑。考虑的结果当然是同意。徐婵婵就按照刘训的要求去做。之后，刘训让她换租了个老旧的小区，因为那里没有监控摄像头。

为了接近王峰，刘训让她找机会蹭坐王峰的车，几次都没有成功。后来改为碰瓷，终于成功了。事情按照刘训预期的那样发展着。

刘训暗自拍摄了他俩在床上的照片，邮寄给王峰的妻子，连寄了三次，但是好长时间过去了，王峰两口子连一点打闹的迹象都没有，他很失望。再往后，跟王晓的交往受到王峰的坚决阻挠，他更恼羞成怒，再也不满足于之前的小打小闹了，他要除掉王峰。这样既可以顺利得到王晓，说不定还能顺手把李芸娜揽入自己的怀抱。于是，一个借刀杀人的计划从脑海里形成了。他开始分期给徐婵婵打钱，保证每完成一步，徐婵婵就能得到一笔钱。这极大地调动了徐婵婵的积极性，她对刘训几乎是有求必应。

徐婵婵按照刘训的指令，找了个理由让王峰买了两团胶带，留下一团后，把另一团顺手放进了王峰的车里。出事那天，刘训让徐婵婵给王峰和超市老板打电话，并发了短信。徐婵婵跟王峰发生完关系后，她没有像往常那样把安全套丢进马桶里冲走，而是扔进了厕所的垃圾桶里。等史建刚送来了饭之后，她就安心地在家里等，刘训许诺这次给她剩下的十几万元现金。门铃响了，她兴高采烈地去开门，没想到迎来的却是魔鬼。刘训把她捂死之后，用现成的胶带把她四肢捆绑住，然后拿出王峰跟史建刚的名片丢在地上，还不放心，又自作聪明地把王峰的车牌号写在挂历上。这时他突然想起，往她银行卡里打钱的事也许会暴露自己，所以就翻箱倒柜地寻找那张银行卡，但是怎么也找不到。最后，他用拖布把地拖好后，迅速离开。

刘忻心里有个疑问："既然你想把警察的视线引向王峰，为何还要把史建刚扯进来？"刘训回答："那是我布下的一个烟幕弹，考虑到你们警察也不是吃素的，不能把事情做得太明显。但最后我也没底了，又画蛇添足地在挂历上写了王峰的车牌号。"

刘忻又问："你和徐婵婵应该还各有一部专门的手机用于联络

吧？”刘训点了点头，说这两部手机已经被自己扔进下水道里了。

警察费了很大劲儿才找到那两部手机。银行卡里的钱、手机、写给王峰妻子的信、挂历上的车牌号，这形成了一条完整的证据链。

当王峰和王晓知道了事情的经过后，先是震惊，然后兄妹俩抱头痛哭，他们怎么也没有想到竟然钻进了刘训精心设下的圈套里。王晓彻底看清了刘训的丑恶面目和阴险狡诈的本质，为哥哥当初的阻拦而感到庆幸。而王峰也为自己所谓的婚外情深感自责，他决定向妻子隐瞒一切，维护家庭的温馨和谐，再不做对不起她的事情。可这是他的一厢情愿。一个比较有责任心的邮递员，发现一封信虽然地址写错了，但单位是对的，于是信就辗转到了李芸娜的手里。她震怒了，表示坚决要离婚。当年她顶着压力嫁给王峰，就是看中了他的老实本分，没想到他竟然背叛自己。这个结果让周围的人唏嘘不已。

# 第三辑　给土地磕个头

# 给土地磕个头

## 争执

王晓文是“碧绿”公司的总经理。大学毕业后，他靠自己的聪明才智把十五亩的菜园地种植得有声有色，瓜果蔬菜，四季不断，每年能给他带来数十万元的收入。他还指导村里其他农户的蔬菜种植，并负责销售，他的公司成了一个蔬菜集散中心。

这天早饭后，王晓文正在办公室喝茶，昨天下午刚签了几个大合同，心里还高兴着呢。突然一个工人慌慌张张地闯进来，上气不接下气地告诉他有人不让他们干活了，把路给封住了。

王晓文马上皱起了眉头，问：“是谁干的啊？”

工人回答说是王俊童，王大难缠。

王晓文边往外走，边嘟囔道：“你们惹谁不好啊，怎么会惹着他呢！”

来到现场，王俊童正在路口坐着，周围放着他的两辆水车。这条路是通往“碧绿”田园的唯一的一条路。王晓文大声问道：“堵我的路，耽误了打农药你负得起责任吗？我知道你的菜收成不好，心里挺难受。”刚才在路上，他已经了解了事情的来龙去脉，早晨打农药的时候，几个工人不小心把喷雾器里的药喷到了旁边王俊童的地里了。

见王晓文来了，王俊童指着自家菜园里一片湿漉漉的土地，生气地说：“把药喷到我地里，你要给个说法。”

王晓文一听火了，按照辈分，他还得叫王俊童叔呢，但是他根本就不想叫，而是大声说道：“王俊童，不，王大难缠，你可真够难缠的，没事找事。我不就是帮你灭了灭虫子吗，不要你的钱也就罢了，你还在这里胡搅蛮缠。要不是看你年龄大了，我就找几个人把你抬走了。”

“你敢！”王俊童也不甘示弱，“你污染了我的菜地，就得赔偿。”

王晓文又往王俊童的地里看了看，太阳一照，已经干了。于是笑了笑，说：“你说把药打到你地里了，那证据呢？”

王俊童说就在地里头，那里有一些蒲公英，是我种了泡水喝的，现在都被你污染了。刚说到这里，旁边一个工人一个箭步冲过去，三下五除二就把那些蒲公英给拔起来扔到水塘里了。

王俊童怒斥道：“浑蛋！”然后举了举手里的一个方便袋，“早料到你们这一手了，这里面还留了几棵呢，你们要是不承认，我就去市里化验，然后回来索赔。”

这老头果然难缠。王晓文口气先软了下来，问王俊童有什么要求。他明白，现在是打药灭虫的关键时候，耽误一天，损失巨大啊。

说着就掏出来几张红颜色的钞票。

王俊童一下把王晓文手推开了。王晓文又从兜里抽出来几张递过去，王俊童又给推开了，说道：“想用钱收买我吗？没门！”

王晓文愣了，“不要钱，那要什么？”

王俊童一字一顿地说：“我要你给我的土地磕个头！”

周围的人全都愣住了，王晓文站在那里，脸涨得通红，他吼道：“你太无聊了！告诉你，倒贴我一百万，这头也不磕。我爹说得没错，你就是个赖皮，几年前你气病了我爹，这个仇还没有报呢，今天你倒是找上门来了，那我就跟你算算这账！”

## 调解

正在这时，村主任听见消息后过来了。他简单地了解了事情的经过，对王俊童说：“老王啊，不是我说你，不就是往你地里喷了点药吗，乡里乡亲的，难免会有个磕磕碰碰。再说了，给你喷点农药，灭灭虫子也没什么不妥吧？退一万步讲，真要赔偿的话，赔点钱不就得了吗？干吗非要人家磕头呢？”

王俊童说：“我不需要别人为我灭虫子，那些药太毒了，会把我的土地毒坏的，我在上面种了菜，也会被毒坏的，所以他要赔偿。我不要钱，我就是要他磕个头，向我的宝贝土地谢罪。”

村主任没想到他会这么固执，说：“老王，你不该把跟他爹的恩恩怨怨撒在孩子身上，这都过去多少年了。”

一听这个，王俊童脸上有点挂不住了，辩解道：“是我先对不住大明的，怎么会向他儿子身上撒气呢？这是两码事。”

旁边的几个工人感到莫名其妙。王俊童就给大家讲了这个事儿，免得他们误解。

七八年前，王俊童跟王晓文的父亲王大明各自承包了村里的十亩菜地，两个人都是远近闻名的种菜高手，但是谁也不服谁。由于两家的地紧挨着，所以明里暗里地较劲。后来，他们决定大张旗鼓地比试一下，各拿出两亩地来，种同样的菜，全用无机肥料，不喷农药，看谁的产量高。

可是中间王俊童却做了不光彩的事，半夜里偷偷往地里施了化肥，后来看虫子多了，就悄悄地喷了剧毒的农药。两个月下来，他的菜大获丰收，在村里赢得了“菜王”的美誉。

“你还好意思说！”王晓文怒不可遏，“就是因为你的这种赖皮行为，把我爹给活活气出病来。”

王俊童说：“你爹不是气病的，他是被毒病的。”

王晓文愣了。

王俊童继续讲。原来种完那茬菜后，因为女儿生了小孩，所以他就不在菜园里住了，而是跟老伴到了镇上的女儿家里，这十亩菜地暂时种上了豆子，也好歇歇地力。

可是等他回来的时候，却发现王大明病倒了，浑身瘦得皮包骨头，一问才知是癌症。他很惊讶，王大明平时壮得跟牛一样，怎么会得这种病呢。后来他才发现，自己用过的那些农药袋就堆在水井旁边，而且每当下雨，地里的水也会往水井里流。村里人平时就是吃这里面的水，他就暗自琢磨，难道这些农药是罪魁祸首？于是他非常自责，这也成了他后半辈子一个沉重的包袱。

他现在种菜不再大量施化肥，对农药的控制更是非常严格，剧毒的从来不沾。“这是要人命的事情！我的子子孙孙还要靠这块地呢。所以今天谁给我地里喷洒上了剧毒农药，谁就要给它磕头认罪。这不过分吧？”

王晓文大声嚷道：“你是让我爹生病的罪魁祸首，今天反而让我给你磕头认罪，天理何在。这样吧，当着主任的面，你先给我们家认个罪再说。”

## 认罪

这时，传过来一个声音：“孩子，认个罪也不为过。”

王晓文大叫一声：“爹，您怎么来了？”

大家一看，是王大明从菜园子里过来了，他拄着拐杖，颤颤巍巍地往这边走。原来一个工人怕王晓文缠不过王俊童，就偷偷打电话给了刚从外地看病回来的王大明。王大明叫他不要挂断电话，这样现场说的每一句话，他都听到了。

“俊童啊，孩子把你的地毒害了，说明我没教会他种地，这头我来磕。”

说着就要跪下来。王晓文急坏了，一把扶住了他爹，说：“您怎么这么糊涂呢？他这是在羞辱咱家。你吃他的亏还不够吗？！”

王大明没有生气，而是说道：“既然提起以前的事，我就豁出去这老脸把实情都讲出来吧，其实当年我也做了见不得人的事。”

“爹，你可不能乱说呀！”王晓文大声喊道。

王大明没有理会他，而是讲出了一个不为人知的秘密，那就是王大明眼见自己的蔬菜长得没有王俊童的好，也偷偷施了化肥和农药，但是因为没有掌握好一种农药的量，那一季他的菜反而长势不好。“前些年我一直说赖皮、赖皮，其实是在责备自己食言，也自责那些带农药的菜销往了千家万户，不知道会伤害多少人。”

王俊童和村主任也很惊讶，要不是王大明今天说出来，他们还不知道呢。

接着王大明又对王晓文讲了他家的地是如何由十亩变成十五亩的。那就是，办了错事后，王俊童一直感觉愧疚，总想补偿一下王大明家。当时王晓文也快从农业大学毕业了，于是王俊童就找到村主任，要求把自己的地划出一半来给他家,让王晓文这个大学生来科学种植。

王大明说道：“惭愧啊，当年我顺水推舟把这五亩地接下来，也是想让他放开手脚干的。可是这几年我光治病了，都没空来这里看看。在家里可没少劝他要善待土地，他每次都拍着胸膛向我保证，说是按照大学书本上种的。我都信了。现在看看吧，好好的土地被搞得农药熏天，没了样子。”

王晓文还想辩白，王大明却从兜里掏出来一把菜，边往嘴里塞边说这菜一定好吃。王晓文吓坏了，一把夺过这些菜，问这是从哪里弄来的。王大明说：“从你的大棚里啊。”王晓文赶紧把这些菜叶扔掉了。

王大明说：“你用从地里挣到的钱给我看病，带我去疗养，却不知道会有多少人重新奔波在看病的道路上。”

王俊童接过话，说：“给你这五亩地，我从来没有后悔过。可你是怎样科学种植的呢？变本加厉地跟这十五亩地要利润，大量施用化肥、农药、激素，在你的带动下，全村种植户都在这样做。各家各户自己都不吃大棚里的菜，而是单独留了一个菜园子，给自家人食用。毒姜、毒土豆、毒豆角……咱一个村里每年都多出来十多个癌症病人，几百米深的井水都变了味。子孙后代可怎么活啊……”

一个打药工人说："您别说了，我们知道错了。别难为王总了，药是我打的，我给您的土地磕个头吧。"说着就站了起来。

王晓文却一把拉住他，自己扑通一声跪下来，先对着王俊童的土地磕了个头，然后又对着自家的菜地重重地磕了三个响头。

# 回乡认亲

## 闹心的事情

老金退休后，原先还能有时间下下象棋、练练书法什么的，后来随着大儿子和小儿子相继结婚生子，他每天就有了一个重要的工作，去市场买菜。说心里话，老伴儿是不愿意他去买菜的，因为感觉那不是买菜，而是在审讯卖菜人。首先要问人家是哪里来的？菜是自家种的，还是贩买来的，喷的什么农药……几乎要把人家祖宗十八代都给盘问一个遍。尤其是两个小孙子小松和小槐都还不到四岁，他更是百般小心，现在单独去买菜，每次都得用两三个小时。在他的影响下，一家人都对食品安全都很在意。

这天，老金回到家里有点生气。老伴儿问他："怎么了？"他说，自己经常买一个老太婆的菜，就是认准了她的菜是自家种的，而且看着人也忠厚老实，并且承诺说自家的菜一点儿农药都不喷。可是今天他听人说，这老太婆家的菜是大棚里的，经常喷农药，要不怎么会有这么大的产量啊。

老伴忙问："怎么办？"

"还能怎么办，赶紧把金石叫回来！"

金石是他的大儿子，在质监局当副局长。他打通了金石的电话。金石说自己正在外面呢，下午就回来。放下电话，老金的气就不打一处来，他很看不惯金石，年纪轻轻，竟然热爱上了钓鱼，有事没事就开着车到处去垂钓。

下午，金石回来了。老金把一捆菜放在他面前，命令道："你拿去化验一下，看有没有农药残留。"金石不敢怠慢，赶紧拿上就去了单位。

一会儿回到家里，他神色凝重地说："爸，这菜你买多少次了？"

老金知道大事不好，忙说："这两个月，我一直买她的菜。怎么了？"

金石说："农药残留很厉害啊，而且都是剧毒的。"

老金差点晕倒，喃喃地说："害人哪，小松和小槐也都是吃的这菜。你说吃什么才让人放心啊？快给金鑫打电话，让他晚上回来，我们商量一下该怎么办。"

金鑫是一家知名食品企业的老总，经常忙得没有时间回家。但是老爸下命令要开会，再忙也不敢不回来。

到了晚上，老金把两个儿子和小女儿叫到跟前，说出了自己的担心和忧虑，主题就是一个：怎样吃才能放心。尤其是两个小孩儿，处于长身体的关键时期，千万马虎不得，绝不能让孩子的身体当成检测仪。

金石说："爸，要不这样，每次买菜回来我都拿到单位去检测，虽然麻烦点，但是安全有保证。"

老金说："这不是办法，传出去影响不好不说，就你那忙劲儿，能保证什么效果啊。"

一句话说得金石脸一阵红一阵白的。

这时，爱开玩笑的小女儿金晶说："爸，你的房子大，要不腾出一间来我们自己养猪养鸡算了，然后在阳台上种上蔬菜，这样肯定安全。"

话刚说完，就被老妈给数落了一顿。老金感觉很是悲哀，自家啥都不缺，可就是在吃上不放心。

金晶叹了口气，说："世界上最痛苦的事情是有安全食品，但没钱买；而最最痛苦的事情是有钱，但却买不到安全食品。"

老妈呵斥道："都快把你爸急死了，你还阴阳怪气的。"

议来议去，也没有什么结果，最后大家都在等着老金拿主意。老金想了一会儿，然后双目如炬，一字一句地说："回乡下吧。"

"你说什么啊？"话一出口，一家人都被震惊了。

老金笑了笑说："不是去乡下过日子，是到老家找个亲戚，专门给咱供应安全的蔬菜和粮食。"

老金的老家离省城有五十多公里。他已经有很多年没有回去了。好在老家常有人给他来信，架个桥修条路什么的，他都会捐点款邮寄回去，所以跟老家有人还是有来往的。但是老家还真没有什么亲戚了，思来想去，终于想起了两家能沾点亲的，一家是三嫂家，另一家是二妮家，但都已经出了五服。

# 解决方案

这天是周末，老金一家人就浩浩荡荡地开车回来了。先去了三嫂家，三嫂是个养猪能手，家里养着上百头猪。见老金一家来访，很是高兴，一阵寒暄过后，三嫂领着他们一家参观现代化的养猪场。养猪场很是气派，上百头猪膘肥肉厚，煞是可爱。

出了三嫂家，老金他们又到了二妮家里。前些年二妮的丈夫在矿上出事死了，二妮拉扯着两个孩子生活得很不容易，以前老金还给她家寄过一次钱呢。金鑫从车里搬出来好几箱食品带给二妮的两个孩子。

老金说明了来意，二妮笑着说："金大伯，您可是找对人了，我种着五亩地，打了粮食自家吃不了，就拿到镇上卖一些，然后就是喂几头猪，种点菜拿到集市上去换点零用钱。"

老金一听，很符合自己的要求，当即说："妮儿，你家的粮食也别卖了，我们都包了，价格贵点没什么的，但是要尽量少用化肥，蔬菜别喷农药，我们每星期来拉一次。"

二妮说："行。"

然后他们到了二妮的菜地里去实地考察，果真像二妮说的那样，这里散发着泥土的芳香，蔬菜长势喜人，青翠欲滴，拿在手里闻闻，沁人心脾。

"你们自己也吃这菜吗？"老金问。

二妮回答："怎么不吃啊，我们也不是不打农药，但是要掌握好时间，等人吃的时候就残留得很少了，而且绝不用剧毒的那种。"

他们点头，感觉二妮很实在，很靠谱。

这一年里，二妮家种的粮食和菜、养的猪和鸡鸭基本上就被老金一家包了。虽然麻烦点，但是孩子们都有车。当然，去的最多是金鑫，这都是老金安排的。因为金鑫是搞食品的，或许这样能让他更懂得食品安全的重要性。金鑫也真是毫不含糊，每次都能把最好的粮食和蔬菜带回来。他也很有良心，每次去的时候，都不忘记给二妮的孩子带些好吃的，这让老金很欣慰。开始的时候，他甚至还偷偷在二妮家的地里安装了个摄像头，监视二妮怎么打农药。对这样的举动，老金也没有过多指责，多加小心确实没错。拉回来的菜，金石拿到单位检验了几次，确实都没有一点农药。终于吃上放心食品，可以高枕无忧了，这让老金感觉到生活得很惬意。现在两个小孙子都受到他的影响，无论买什么零食，都要先看包装和生产日期，邻居家买回了菜，总忘不了提醒人家要多洗几遍。他们被老金风趣地封为“绿色小卫士”。

最近一段时间，大儿子金石却出奇地忙碌。他回家很晚，也不出去玩了，整天来去匆匆的。

老金对老伴儿说：“不用管，他忙点儿是好事。”

二儿子金鑫也是一脸忧愁，像掉了魂似的。

老金问他：“出什么事了？”

他说：“没有什么，只是订单少了点。”

## 又闹心

这周，金晶从乡下拉菜回来，等打开包一看，全是些菜梗，里面还夹杂着黄黄的烂叶子。

老金的脸当即就拉下来了，责问金晶：“这到底是怎么回事？”

金晶说：“每次都是二妮把菜装好，放进车里，我自己也不看，这次也许是装错了吧。”

老金略一沉思，就拿起电话打给二妮。没想到电话里二妮的声音很大，说：“金大伯，这是最后一次卖给你们家菜了，以后别来了。”

老金忙问：“为什么？”

可是对方却把电话挂了。老金又拨过去，却没有人接听。

“一定是出什么事了。”老金急得直搓手。

金晶前前后后梳理了一遍，自己也没做错什么啊。

“明天你带我回去看看。”金老对女儿说。

第二天，他们回了老家，见到二妮，二妮却一脸阴沉。

“孩子，怎么了，对你大伯不冷不热的，是不是嫌我们给你的钱少啊？”老金和颜悦色地问。

二妮说：“大伯，您老也不要揣着明白装糊涂，拍拍自己的良心，我给你们的粮食和菜都是最好的，而你们呢？”

“这是怎么了？”老金还是感到莫名其妙。

这时他看见院子里散落着半箱子饼干。这是金鑫的公司生产的，很好吃。他们经常带一些来给二妮的孩子吃，可是怎么会丢在院子里呢？老金看看金晶，金晶忙转过脸去。

“金大伯，你们自己不吃这些东西也就罢了，为什么要拿来坑害我的孩子，前前后后我们家孩子已经吃了五箱了。我把话放在这里，要是孩子检查出什么毛病，你们家必须承担一切费用！”接着就下了逐客令。

在车上，老金一言不发。一向快言快语的金晶也不敢多说。

“是不是你二哥的厂子出事了，你跟我说实话！”

金晶这才不得不坦白：“爸爸，这次不光我哥的厂子，还有别人的厂子，都被一起中毒事故给牵涉进去了。”

“混账！”老金骂道。

这段时间他倒是听说出了起食品安全事故，这样的事情经常发生，所以他也没有太在意，再说他很少看电视，不知道曝光的是哪些厂家，没想到这次自己的儿子竟也牵涉其中。

晚上，金石和金鑫两兄弟相继回到家里，都是一脸的疲惫，仅仅几天，人就瘦了好几圈。看见老爸愤怒的表情，金石主动说：“这次事故，上上下下都很重视，调查组来了一拨又一拨，可忙坏了。我们局里的一把手都给免了。爸，这对我来说可是个机会啊。”

老金把眼一瞪：“你们要是早这么忙就好了！”然后又转向金鑫，“你还有脸把饼干送到老家去，你让老家的人怎么看我们啊。快说，你往饼干里加乱七八糟的东西多久了？”

金鑫知道纸里包不住火了，就战战兢兢地说：“老爸，我说了，您……您老千万……千万别生气，是从前年开始的。可我没有让咱家里人吃过我生产的饼干啊……”

闻听此言，老金的血压呼一下就上来了，一头栽倒在沙发上。

第二天，老金把小儿子叫到跟前：“是你主动去说还是让我去举报？”

小儿子一脸的迷茫。

老金也不给他打马虎眼了：“你只让他们查了你的一个厂子，另一个厂子还想蒙混过关是吧？”

闻听此言，小儿子赶紧说：“爸爸，我这已经损失惨重了，要不是我哥从中帮我一把，我就要倾家荡产了。您千万高抬贵手啊！”

老金脸色铁青，二话不说就要往外走。

小儿子大喊：“爸，我去说，我一定主动去说。”

老金在后面骂道：“就你这德行，还有脸到乡下去买绿色蔬菜，你连四岁的小孩都不如……”

老金又给一个老部下打了个电话，说大儿子金石根本不具备做局长的能力和素养，还是考虑别人吧。

老部下迷惑不解：“他年龄很适合，而且务实肯干。这回提拔已是板上钉钉了。”

老金叹了口气：“我谢谢你的好意，但他不合适。”说着就挂断了电话。他愣了好久。

老金坐车回到乡下，亲自给二妮道歉。这次，他带来的是老伴在家亲手做的面包和蛋糕。

二妮说：“大伯，您老也别生气，你们总是怕我们乡下人把带农药的菜卖到城里去，可是你们城里人考虑过自己的过错吗？”

老金说：“孩子你说得对，只有城乡一起努力，食品安全才有保证啊！这次，我准备帮你扩大种植规模，把你的粮食和蔬菜申请个商标，推销到城里去。这样既增加了你的收入，也帮助了城里人。”

# 心中有了一把锁

## 遇见新鲜事

拉叶兰市是南方的一个中等城市，这里两面环海，风景宜人，并且经济发达，商贾云集，被公认是人杰地灵的城市。尤其是这些年的发展，可以用突飞猛进来形容。搞高新技术开发的王杜就是看中了这里的环境和商机，前来投资兴业的。当然，还有一个很重要的原因，就是儿子小王杜考上了这里的公务员，这样一家人就可以在一起了。

王杜去政府办公大楼办理相关手续的时候，工作人员递上来一张纸，他认真地看了一遍，却是越看越迷惑，原来上面写的是在这个城市里驾车时需要注意的事项。他走南闯北哪里没有去过啊，可头一次遇见有人这样郑重其事地告诉他该如何行车。只见最后写着：

请你记住，生命属于所有爱你的人，万一撞了人，请到最近的电话亭，打电话求助并报警。

说实话，看了这些他有些不舒服，哪有咒别人会遇见车祸的啊。于是有点生气地说："我可以用手机报警！"

工作人员仍然面带微笑，说道："那是你的一个选择，不过请你一定按照这上面说的来驾驶，请收好这个。"说着，递过来一把小锁，很精致，跟一粒花生差不多大。

"这是干什么的？"他好奇地问道。

"这是用来提醒你的。在这个城市里，到处都充满了诱惑和冲动，有了它，就会有效地控制住你的行为。"工作人员耐心地解释道。

"怎么没有钥匙啊？"他问，"我该怎么打开它？"

工作人员说："钥匙在你的心里。"

余下的事情，办理得很顺利。

晚上回到家里，他向家人说了今天的事情。儿子小王杜吃惊地说："我们也发了这样一把锁！"于是小王杜就讲了今天公务员宣誓的情景。

"市长史密威的讲话很短，就是做了礼节性的欢迎。然后他给每个人发了一把小锁，并且让每个人想象一下这把没有钥匙的锁的作用是什么？"

"哦，那你是怎么讲的呢？"王杜一下子来了兴趣，问儿子。

小王杜说："市长给了我们十分钟的思考时间，并一再提醒我们已经是公务员了。大伙的答案各种各样，有的说是锁住自己的心，不要贪污公家的东西；有的说是锁住自己的脚和手，不要开车过快。我说的是，假如没有按照公务员的规则行事，就进不了自家的门，永远被锁在外面。"

王杜高兴地鼓起掌来，说道："孩子，你的回答确实很精彩。"

小王杜也很兴奋，说："不光是我，市长当时给了我们每个人很高的评价，并说这个问题没有标准答案，打开这把锁的钥匙就在我们心里。然后市长一再强调了行车安全的重要性。这是发给我们的公务车使用指南。"说着就递过了一本精美的小册子。

王杜打开一看，上面的内容都是反着写的。例如，如果你开车超过四十公里的话，在市区有两所医院可以供你选择；如果你外出办事喝酒驾车或者超速的话，你要跟同事和家人交代好该料理的一切……后面附了一大串出车祸后的救人流程。王杜越来越疑惑，怎么这里对待行车安全这么重视，甚至有点夸张。

## 一场车祸

接下来，王杜的公司开始运作，他雇了很多货车拉货。他发现所有的汽车驾驶室里都放着一把小锁并贴着一张有救人流程的纸。正好有政府的一个职员陪同他，他便跟这个职员攀谈起来。

职员告诉他："是的，没错，这个城市对交通安全的重视到了无与伦比的程度。这缘于二十五年前的一次交通事故。"

"二十五年前？"王杜吃惊地问。

职员点了点头："二十五年前，这个城市才刚刚建立，车还不是很多，当然路也相当狭窄。有一天，一辆小轿车载着三个人在路上疾驶，前面岔路口突然出现一个骑自行车的人。由于车速过快，无法合理避让，小轿车就一下子撞在了护栏上，司机当场死亡，另外的人被及时送往医院，但都受了伤。司机的小孩才刚刚出生三个月。后来，满大街都贴出了寻人海报。”

“寻人海报？寻找谁？”王杜问。

职员继续讲述。原来是那个司机家属贴出来的，要寻找那个骑自行车的人，说要不是他突然横插过来的话，就不会有这样一场事故。

“找到这个人了吗？”

“不知道，不过后来，每张寻人海报的旁边都贴了一张说明书，告诉了大家真相，说车祸不是因为那个骑自行车的人造成的，而是司机酒后驾驶，车速过快造成的。但说明书上还是对造成的人员伤亡表示了深深的遗憾。说明书贴了很多次，每一次内容都不一样，而寻人海报也不断更新内容。这样你来我往，一直进行了好多天，也让大家揪着心一直讨论了好多天。通过这件事情，让大家懂得了‘车祸猛于虎’的道理。后来不知道是谁发动的，大家一同为司机开了追悼会，还到医院去看望伤者。从那以后，这个城市里的人非常注意行车安全，也很少发生交通事故了。”

王杜听了若有所思。以前他开车非常凶猛，有的时候甚至开霸王车，不过从这次以后，再开车的时候，他就非常注意自己的行为，甚至老是感觉交通事故会随时发生。慢慢地，他感觉适应了，也多了一份安全感。

一个偶然的机会，他跟史密威市长能够坐下来谈一些事情。这是一个近五十岁的男子，很干练，但是两鬓却有了与他的年龄并不相符的缕缕白发。

史密威市长很爽快地说：“按照惯例，你来这里投资，我应当设宴款待你，很抱歉，一直没抽出时间来。”

王杜很客气地说：“哪里，很荣幸和市长您交谈。”

接下来，他又谈起了对这个城市的感受，尤其是这里对车辆的管理和对交通安全的重视。这时候，他忽然看见市长的钥匙链上也挂着一把小锁。

市长说：“二十五年前发生的那次事故对我们每个人、对这个城市都是刻骨铭心的。我们没有理由漠视生命。”

“那个骑自行车的人找到了吗？”王杜问道。

市长喝了一口咖啡，然后讲了那天的经过。其实，车祸发生的时候，骑自行车的年轻人也因为惊慌，连人带车掉进路边的河里，幸好下面是一条小河，但是脸上还是被划破了。人们都在忙着抢救车上的人，自然忘记了他。他艰难地爬起来，不敢久留，踉踉跄跄地回家了。后来才看见满大街都是寻找他的海报，他感到害怕，因为不知道死者家属会怎样对待他。但是他之前已经听自己的一个熟人说过，当时的现场混杂着血腥味和酒精的味道，司机和乘客都喝了很多酒。那时候人们对酒驾的认识还不是很深刻，尽管警察也做了这样的认定，但并未引起大众的重视。所以他就把真相贴出来，自己当时没有任何违规，只是恰好骑到那个路口而已。但是家属依旧不依不饶，一定要他站出来。于是他就继续搜集资料，张贴了大量介绍酒后驾驶危害性的海报。一时间，城市里的人们都在为这件事议论纷纷，无形中也让人们接受了一场教育。尽管没有自己的任何责任，但这个年轻人还是很自责，要是自己慢上哪怕一秒钟，或许就不会出现那次车祸了。得知司机的家里很困难，家属没有工作，他就以匿名的方式给他们资助，然后又辗转查到另外两个伤者的地址，每年给他们邮寄一部分钱去。只有这样，年轻人心里才会踏实，尽管当时他的薪水很低。这个年轻人在政府部门得到一份职务后，就给司机的家属也找了份工作，做了交通监督员。司机家属尽职尽责，避免了几百起交通违规行为，消除了大量的安全隐患。

“那后来她再也没有找那个年轻人吗？”王杜问道。

市长说：“后来，他们见面了，不过已经没有了怨恨，司机家属已经坦然接受了自己丈夫酒驾酿成事故的事实。那天的见面，是在司机家属邻居的陪同下进行的，邻居告诉他，当初司机家属张贴海报要见这个年轻人的目的是有人看见他落在桥下了，想知道他受伤的情况，可是没有想到竟引发了一场论战。他十分震惊，为自己的自私深感愧疚，毕竟他以为当初司机家属找到他只是为了讹他。”

市长严肃地对王杜说：“从那以后，‘人的生命高于一切、重于一切、大于一切’就成了这个城市的理念，并已经深入人心，它包括对每一个生命个体的极度尊重。没有了生命，一切发展都是徒劳和无意义的。”

他们交谈了好久，史密威市长离开的时候，王杜对着他的背影，深深地鞠了一个躬。二十五年前，他的父亲来这里出差，和老朋友在一起吃饭，喝了很多酒，然后开车到火车站的半路上就出事了。父亲受伤后，每年都会收到一份来历不明的钱。就是靠着这些钱，他读完了中学和大学，并以此为基础有了今天的成功。

一个人的经历，铸就了一个城市的理念。这是品格的光芒在闪耀，史密威市长脸上的伤疤没有白留。想到这里，王杜掏出手机，告诉自己的几个好朋友赶紧来这里投资。

## 我能打过你

今天是周末。市城管局执法大队长李金涛开着自己的私家车外出，在一个低洼路段，车陷进了一个大坑里。他几次踩油门想冲出去，都没有成功，正在他又一次努力时，突然听见哐啷一声，随之一辆电动车撞在了自己的轿车上。他赶紧下车查看，虽说撞得不是很重，但也明显砸了个坑。车从坑里还没有出来，又被平白无故砸了个坑，他当即就火了，“你骑车没有长眼吗？”话骂出去了，再扭头看看骑车人，他愣住了，这不是辛云平吗？这个人因为在路上乱摆摊，刚被处理过。

与此同时，辛云平也认出了李金涛，想想前几天被处理，今天又挨骂，气就不打一处来，回道：“你才瞎眼呢，没看见这路不好走吗？你要是不在前面挡着路，我电动车能倒吗？我这一身泥水还沾得冤枉呢。”

李金涛说："你什么也别说，赶紧掏钱给我修车！"实话说，李金涛并不是真要他掏钱，这也不是辆新车，砸个小坑也算不了什么，还有保险呢。其实就是想吓唬吓唬辛云平。没想到辛云平呸了一声，道："你先赔我的电动车，另外再给我洗洗这衣服，然后咱再谈别的。"

李金涛没想到辛云平竟然这么赖皮，对着他的胸脯，上来就是一拳。辛云平显然有所防备，虽然被打了个趔趄，但是等李金涛往后抽胳膊的时候，他一个顺手牵羊把李金涛给拉了过来。李金涛也不甘示弱，凭着自己的大臂力，使劲挣脱，然后又用上脚。两个人就这样扭打起来。

打着打着，辛云平突然停住，说："我不跟你一般见识……"

他话还没有说完，李金涛却没有来得及收住，一巴掌打在了他的脸上，嘴角都出血了。李金涛害怕了，这肯定会激怒对方，说不定会招来对方疯狂的报复。可是万万没有想到，辛云平只是抹了一下嘴角，扶起自己的电动车，骑上跑了。李金涛感到很意外，因为刚才他明显感到辛云平无论是力气还是灵活性方面都略胜一筹，要是再这么打下去，最后吃亏的一定是自己。可是他为何突然跑了呢？又一想也许是为了怕赔钱吧。这时正好来了两个哥们儿，帮他把车推了出来。

之后，李金涛就把这事忘记了。

这天，正上五年级的儿子小健高兴地拿着作文本向他炫耀："我的作文得了九十五分，还被当作范文在班里读呢。"

"会有这么好？那你给我读一读。"李金涛对儿子说。

儿子就读了起来。可是李金涛越听越感到不对劲，这不是描写那天他跟辛云平打架的事情吗？在作文里，儿子把他描写成一个英雄，说爸爸非常勇敢，三下五除二就把坏蛋给打跑了。这篇作文，儿子描写他跟辛云平打斗的场景很好，这也许就是得高分的原因。他这才意识到当时孩子就在汽车里面，于是问道："那天我跟那人打架的时候，你都看见了？"

小健回答道："是啊，我看得一清二楚，你三拳两脚就把那家伙打得满地找牙。"

他没有理会儿子夸张的描述，而是继续问："你感觉那个人厉害吗？"

儿子回答说："他和你比差远了，我本来还想给你帮忙呢，可是我刚一下车，他已经落荒而逃了。"

"什么，当时你出来了？"他吃惊地问。

儿子说："是呀，我想下车找块石头砸他呢。"

李金涛又问："假如那天我要是打不过他，你会怎么想？"

小健连想都没想，回答说："这种情况基本不会发生，你是谁啊？无论来多少人，都是你的手下败将。不过，万一……"他挠挠头，继续说，"万一你要是吃了亏，我也不会放过他的，我会纠集我们学校里的那些哥们儿给你报仇。你可能还不知道吧，我们班的辛晓光正在找人呢，听说前几天他爸爸被人打了，他发誓要给他爸爸报仇。"

"辛晓光是谁？"

儿子说："辛晓光跟我是一组的，他现在整天练拳呢。"

他忙对儿子说："你劝劝他，可不准随便打架。"

儿子做了个鬼脸。

这件事后，李金涛心想：幸亏当时辛云平跑掉，否则不知道会出现什么后果。在儿子面前丢人是一方面，更重要的是，会给儿子的成长造成不良影响。

这天，他又带人来市场执法。说实在的，每次来这里执法，他们都感到很头疼，因为地处市中心，很多小摊小贩都喜欢来这里卖东西，乱占乱摆，不光影响市容，还经常造成交通堵塞，市领导为此发了好几次火。他们就给小贩画好了摊位，可是等城管的人走了，这些小贩又把摊位摆到马路上了。

忙了一阵子后，李金涛特意来到辛云平的小摊前。辛云平已经把摊位挪到了指定的位置，然后紧张地看着走近的李金涛。

李金涛语气很温和地对他说："跟我去取你的秤。"

辛云平一愣，这个秤是上次冲突时被城管夺走的，这种情况下，一般很难再要回来。他满腹狐疑地看着李金涛，心想一定是前几天跟他打架要报复自己，要是把自己拉到个偏僻地方，挨顿打不划算啊。于是说："我不要了，你爱给谁就给谁吧。"

要在往常，有摊主跟他这样说话，李金涛会生气的。但是这次，他耐心地说："我是真想还给你，跟我去拿吧。"

辛云平想了想，对老婆说："那我就去了，谅他们也不敢对我怎样。不过，"他压低声音说，"要是真把我扣住了，你就去城管局要人。"说着就上了李金涛的车。

李金涛并没有把车往城管局里开，而是在一家饭店门口停下了。看着辛云平疑惑的目光，李金涛说："今天我请你吃饭。"

"什么，你请我？"辛云平张大了嘴巴。

"对啊，今天咱哥儿俩好好聊聊。"

"聊聊？我们能聊什么。"他迟迟不敢下车，怀疑这是黄鼠狼给鸡拜年，没安好心。他还在犹豫的时候，李金涛已经打开了车门，很友好地把他拉下了车。

坐好后，李金涛点了菜。辛云平有点儿受宠若惊。李金涛问：

“知道今天我为什么请你吗？”

辛云平说：“你该不是让我放弃摆摊回老家种田吧？”

李金涛摇摇头，说：“感谢上次咱俩打架的时候，你照顾了我的孩子。”

辛云平淡淡地说：“这没有什么，如果换成别人，也会注意孩子的感受的，不能在他心理上留下阴影。”

李金涛没想到辛云平会如此淡然。想想自己在工作中，从来没有把这个当作一回事。当着小孩子的面推搡，甚至打骂家长，那是常有的事情。“听说你的孩子也在实验小学，他学习还好吧？”他问辛云平。

辛云平叹了口气回答道：“以前还行，可是自从上次看见我被你们城管打了之后，变化很大。”

李金涛说了声“对不起”，并说自己可以帮忙解决。

“怎么解决？”辛云平不解地问。

李金涛说出了自己的方案，就是下次执法的时候，找个理由让孩子也在场，看看城管是怎样采取温和的方式执法，这样或许就能改变他的看法了。

辛云平点点头，说：“试试吧。”

这天下午放学后，李金涛特意让小健带着辛晓光来到市场。正好李金涛带人来执法，像往常一样，很多占道经营的摊贩见城管来了，赶紧往道路后面挪，有一些没有经营执照的摊贩匆匆忙忙地收拾摊子准备跑。城管下了车，没有像往常那样对小摊进行清理，而是过来帮摊主搬东西，这让摊主们感到很意外。可是正在这时，不知谁喊了一声：“快跑啊，城管要打人了！”说时迟那时快，还没等李金涛明白怎么回事，人们已经四散而逃了，包括在一旁看热闹的孩子们。现场到处是被踢翻的筐子，水果、蔬菜滚得到处都是，一片狼藉。

李金涛回头一看，也不由自主地张大了嘴巴。只见一个城管手里拿着个秤砣呼呼地跑过来，边跑边喊。

“到底怎么回事？”他生气地问道，因为来之前，他已经跟队员说好从今往后不野蛮执法了。

这个城管气喘吁吁地回答：“秤砣，前面那位老大爷的秤砣丢了，我帮忙捡起来，想追上送给他，可是谁知道把大家都吓走了……”

这下可糟了，不光没有帮助辛晓光，还造成了更加恶劣的后果。他很惭愧，好几天，他都不好意思看辛云平。一个秤砣，折射出了城管跟摊主似乎水火不容的对立关系。

承诺的事情，一定得办。他听儿子说辛晓光已经对城管恨之入骨了。后来，李金涛了解到学校要举办个安全讲座，请交警和消防警察去给孩子讲安全知识。李金涛灵机一动，何不趁此机会，让孩子们了解一下城管知识呢。于是就跟校长联系，希望也能参与进来。城管来讲课，这还是第一次，校长想了想，就同意了。

活动这天，李金涛和几个城管给孩子们讲了不少知识，讲了城市的发展、城市的整洁，同学们听得津津有味。李金涛一直注意着辛晓光，发现他对自己充满了敌意。活动结束后，李金涛来到辛晓光的身边，向他检讨城管在执法过程中所犯的一些错误。辛晓光先是手忙脚乱，逐渐地，脸上的敌意减少了。最后，李金涛跟他来了个热烈的拥抱。

回到家里，李金涛悄悄打开了从辛晓光裤兜里掉出来的一个纸团。他一看就惊呆了，上面竟然是几个同学商量要绑架他的儿子小健。虽然语气很幼稚，但这样的想法却让人恐惧。他一度想把这纸团交给班主任，但最后还是忍住了，因为自己的错误，污染了孩子纯真的眼睛，做检讨和受处罚的应该是他。他让小健把辛晓光请到家里来，一起吃了几次饭。他欣喜地发现，孩子的态度慢慢在改变。

再执法的时候，他采取了更加人性的方式。每次来手里都拿着一个大牌子，上面写着："诚"管来了。那个"诚"字写得很大很显眼。然后他们亲自动手帮摊主挪动摊位，还会把矿泉水递上去，这都让摊主们感到心里暖暖的，久而久之，摊主们不好意思再乱占乱摆了。另外他们还对按章经营的摊主进行奖励，有的发晚报，有的发方便袋……没有了惩罚的管理，反而更加容易管理了。

后来，辛云平来感谢他，他说："我应该感谢你才对，是你的理念改变了我。"

# 带着母亲去远行

## 一

王老席跟儿子的谈判已经进行了五天。这五天里，他一直都在生气。第一天刚从老家来到省城的时候，儿子王哲只是去车站接了他，领他去吃饭，然后领他看都市的夜景。他没有心思看，儿子就给他安排了家旅馆。大半天的时间里，都没有问他一句是干什么来了。熬到最后，他提出要去儿子的家里看看，但是却被儿子以不方便为由拒绝了。王老席很恼火，没有住旅馆，走了。

恼火归恼火，王老席第二天又给王哲打电话。王哲很惊讶，原以为父亲一气之下会回老家。于是约了个地方，父子俩再次见面。王老席看着儿子点的菜一点食欲都没有。他开门见山地说："我已经没有办法回家了。"这话让王哲感到不可思议。王老席悲哀地说："见两次面了，你都没有问问你妈妈的情况。”王哲难过地低下了头。妈妈身体不好，他是知道的，自从大学毕业留在省城之后，他就很少回家了。过了好一会儿，他才小声问：“妈妈她，她还好吧？”王老席重重地叹了口气：“你妈妈去年春天去世了。”

王哲啊了一声，泪水在眼眶里打起了转。“当时给你打过几次电话，你都没有接。”父亲的话重重地敲打着他的心。他记得自己当时正在外地出差，猜想也没有什么重要的事情，无非就是问问他工作上的事，加上心疼手机漫游费，所以就没有接。回来后，他打电话跟家里要钱，说自己要买房子。父亲说你妈妈有病，哪里有钱，最后只寄来八千块钱。一气之下，结婚也没通知他们，只是婚后发了个短信，算是让他们知晓这件事，随之就更换了手机号码。现在想想，父亲一定是从村主任那里知道了他的新手机号，因为他曾向村主任借过钱。

王老席继续说：“家里就剩我一个人了，守着二亩薄地，也没有什么意思。我寻思着，早晚要让你养老，不如早点来适应一下城里的生活，还能帮你带带孩子，你们小两口也能安心工作。”

王哲一直低着头，过了一会儿才喃喃地说：“爸，您可能还不知道，我买的房子连六十平方米都不到，拥挤得很；再说，再说小倩又爱干净，她一定不会同意你来住的。”

王老席啪地一下把筷子拍在桌子上，问：“那你说该怎么办，家里的老房子都卖了，总不能让我睡大街上吧。”声音引来了旁边很多吃饭人的目光，有的对王哲指指点点，有的直接过来训斥他，说：“小伙子，再怎么着也不能不要爹啊。”王哲默不作声。饭剩下了一大半，父子俩不欢而散。

后来又见了几次面，谈来谈去，都没有任何进展，王哲反反复复就是那几句话。王老席说："从小到大，当父母的为你吃了多少苦，你知道吗？我现在都很难过，这些年一直没有机会孝敬你的奶奶。"王哲一言不发。

今天是第五天，王老席想，一定得谈出个结果来。这次，儿子带来了一叠照片，是拍摄的房子内部的照片，好让父亲看看，房子真得很小。与他同来的还有老婆小倩。王老席是头一次见到这个儿媳妇，不过头一次见，小倩的话就让他诧异。她说："结婚前，王哲说他父母已经不在人世了，他是个孤儿，没想到今天突然来了个爹，我也不管你这个爹是真爹还是假爹，总之，来了我们就要好好谈谈……"听了这话，说不上是生气还是痛苦，反正王老席差点晕死过去。

王老席恳求道："可不可以在你们家附近租个小房子？"小倩马上惊呼："房租很贵的，没有两千块钱根本租不下来。"王老席问："是一年两千吗？"小倩说："哪有这样的好事啊，一个月两千。"王老席就不作声了。这对他来说是个天文数字。

过了一会儿，王哲说："也不是没有办法，我们家的车库还是挺大的。"小倩一听，忙说："那怎么放车啊？"王哲说："我已经量过了，在角落里放一张床，不耽误停车的。"王老席一听，眼前一亮，忙点头说："可以可以，能放开张床就行了。"

正说着呢，王老席的手机响了，他忙接起来。里面传来了村主任的声音："老席啊，你现在哪里呢？快回来吧，告诉你个好消息，你的老母亲回来找你了。"声音很大，王哲和小倩都听到了。他们都瞪大眼睛看着王老席。王老席也很吃惊，站起来，颤抖着声音说："这，这是真的？不大可能吧……"村主任说："怎么不可能啊？她说是从东北过来的。要不让她老人家跟你说几句吧。"王老席就拿着电话出去了。等王哲追出去的时候，王老席已经迈开大步走远了。

## 二

王哲跟小倩因为王老席的事情还在僵持着。王哲深刻检讨了婚前没对小倩说实话。小倩也没有跟他多计较，因为她看见连日来，王哲一直沉浸在失去母亲的悲痛之中，为自己没能最后看母亲一眼而深深地自责。

小倩说：“住车库就住车库吧，人来了，总不能把他赶出去。”王哲说：“父亲应该是不会再来了。他要在老家照顾我奶奶的。”

这时，王哲的电话响起来。他接起来一听，是村主任打来的。村主任大声问道：“王哲啊，你爸爸在你那里吧，他倒好，跑到你那里享清福去了，连他老娘也不要了，你赶紧让他回来！”王哲说：“我爸爸没有在我这里，他回老家了啊。”村主任说：“他根本没有回来，我给他打电话，就接听了一次，说让村里看着办。”

挂了电话，小倩在一旁笑着说：“看看，看看，你爸爸都不养老，还让我们养他的老，岂有此理。对了，你这是又从哪里来了个奶奶啊？你真行，不光不是孤儿，家里亲人一个一个往外跑。”

王哲就跟小倩讲他从小听到的关于奶奶的故事。奶奶一直是跟着东北的大伯生活的，可是十多年前，东北发了一次大洪水，他们就跟大伯一家人联系不上了。父亲去找过，但是没有找到，以为他们已经遭遇了不测。不知怎么回事，奶奶现在突然一个人回来了。

后来几天，王老席都没有再打电话来。但是王哲的手机却被打爆了，一会儿是老家邻居打的，一会儿是他的发小打的，一会儿是村主任打来的，全是找王老席的。村主任一再要求他们赶紧回来接人，说：“要不我干脆派人把你奶奶送你家去，你给我个地址。”王哲说：

“叔，您先别，我正在联系我爸爸。”村主任很诧异地问道：“你爸爸没有在你那里吗？他真行，一听你奶奶来了，就吓得躲起来了，侄子，你知道不，你们家快成全村人的笑料了。咱村历史上还没出过一个像你爹这样不孝顺的人呢！你奶奶整天呆在村里，害得我们都没有办法办公。丑话说在前头，实在不行我就去法院起诉你们，到时候可别怪叔不仁义啊。”王哲赶紧求情，让再宽限几天。

王哲给父亲打电话。一开始打不通，好不容易打通了，他把村主任的话转述了一遍。王老席在电话里支支吾吾了一通，然后不耐烦地说：“知道了，知道了。”然后就把电话挂断了。再打，关机了。小两口急坏了。

三天后，王老席终于又来电话了，问他们把车库收拾得怎么样了，要是弄好了的话，今天就把被褥拿过来。王哲没好气地说：“我们还没有收拾呢，你在这里住下了，我奶奶怎么办？你还是先回去照顾奶奶吧。”说着就要挂电话。王老席说先别挂，你听我讲，然后沉吟了一会儿，说道：“这样吧孩子，你要是有空的话就过来一趟，我想让你见个人。”并说出了一个地址。

## 三

今天正好是周末，王哲和小倩都在家里，听到这话他们都愣了，忙问见什么人。王老席说：“等来了就知道了。”小倩开着自己的汽车，七拐八拐，竟然来到了郊区。在一个十字路口，王老席已经在等他们了，最后他们来到了一处非常简陋的院子里。“是小哲来了吗？”这是一个非常熟悉的声音。王哲愣了一下马上大步进去，正是自己的母亲。“妈，您怎么在这里？您不是……”他又惊又喜，不知道说什么好了。

王老席过来说道：“孩子，实话给你说了吧，你娘去年春天生了一场大病，高烧几天不退，以为她不行了，后来在医院里抢救了过来，但是眼睛却落下了毛病，一只眼睛完全失明，另一只也有损伤。之所以上次给你说你娘死了，是被你气的啊。我本想先到你家里看看，等你小两口同意了，我再把你娘送过去，可是谁知道，你竟然连家门都不让进。我要是把你娘这个病人送过去，还不知道会怎样呢。孩子，说出来你们可能不相信，当时我们手里已经积攒下来几万块钱，本来是想拿给你们买房子的，可是你娘这场病，花得没剩下多少了，为了这，你娘心里一直不痛快。”说着重重地叹了一口气。“虽然我在家里完全可以照顾她，但是我放心不下你奶奶，这么些年了，我坚信她一定还活着，所以我就做了这辆车，先把你娘送过来，然后准备骑着这车去东北找你奶奶。”王哲和小倩这才看见了院子里的一辆大拉车，不光有棚子，里面还有电视，生活用品也一应俱全。

“你们就是拉着这车从老家赶过来的？”小倩吃惊地问道。王老席点了点头：“这样不仅可以省去倒车的麻烦，还能节省下一大笔钱呢。”

王哲生气地问：“那你知道我奶奶从东北来了，怎么不回家啊？”

王老席一拉另一间屋的门，高兴地说：“孩子，你看看这是谁？”他们两个往里一看，床上侧躺着位老太太，已经睡着了。他们不明白这到底是怎么回事。

正在这时，来了两个人，王哲一看，这不是村主任和村会计吗。他们都带着个大大的包，一进门村主任就说：“好不容易来城里一趟，多买了些东西带回去。”王哲赶紧打招呼。王老席给王哲介绍：“是你两个叔把你奶奶从老家送来的。”村主任看了看王哲说：“孩子，你要向你爸爸学啊，为了找到你奶奶，他这几年可是没少吃苦啊。”

王哲的眉头拧成了疙瘩，问道：“那你为何在电话里说我爹不要我奶奶了。”村主任哈哈大笑起来说：“那是我故意说的，其实你爸爸一听见你奶奶回老家的消息就高兴得不得了，非要赶回家去。我在电话里问他在城里都安顿好了没，他支支吾吾，我就已经猜出你们之间肯定矛盾不小，所以很生气。知道你妈没有人照顾，我们就没有让他回去，而是亲自把你奶奶送过来，我一路上给你打电话，还发动好多人给你打，就是让你知道，在咱们老家，要是不孝顺，会受到多少人的指责啊。来到这里后，我又教你父亲在电话里怎么跟你说话。孩子，叔也知道，在城里生活成本大，样样离不开钱，可是再怎样也不能不要父母啊。你是读过书的人，这样的道理不会不懂。好了，也不多说了，我们该回去了。”

把两位叔叔送走后，王哲问父亲下一步该怎么办。王老席从奶奶随身带的一个包里拿出来一本病例递给王哲，王哲打开一看，上面写着癌症。王老席神色黯淡了下来，说道：“她也是快八十岁的人了，我都不敢想象她是怎样从东北一个人找回老家的。你伯父今年去世了，家里照顾不了她了。”

“那应该把她送医院啊。”王哲催促道。王老席说：“我问过医生了，化疗、放疗和输液对身体的伤害会更大，所以我准备带老人家去各地走走。”王哲和小倩都很吃惊，他们对父亲的这种做法表示不理解。

王老席解释说：“我小时候，你奶奶领着我和你伯父讨饭，每次讨到了饭，她总是让我们俩先吃，说自己不饿，那时我就跟她说，等我长大了挣到了钱，一定要让她吃到天下所有好吃的食物。可是这么些年却与她失去了联系。现在她回来了，是上天给了我一个尽孝心的机会，所以我要带着她去外地走走，好兑现我的诺言。医生说只要心情好，对身体的恢复也是很有帮助的。我唯一放心不下的就是你妈。”

王哲诚恳地说：“爸爸，您放心吧，我一定会照顾好妈妈的。有事您就给我打电话，我再也不换号码了。”小倩也说：“您也把我的手机号记下来。他要是忙，您就找我。”王老席记下号码后，就开始收拾车子，说今天就可以出发，一会儿就去把这房子给退了。

王哲和小倩把妈妈带回了家。晚上，妈妈问车库在哪里啊。小倩却摆摆手，忙着去收拾另一个卧室。妈妈从衣服里掏出来一个包递给王哲。王哲打开一看，是厚厚的一叠钱，足有几万块，还有一封信，是爸爸写的。

信上说，这是卖老家宅子和牲口的钱，让他们不要挂念，自己有修车的手艺，可以边打工边带奶奶去旅游。他写道：“能跟自己的老娘在一起，我的心里很踏实，也很幸福。另外，你妈妈虽然眼睛不好使，但是生活能自理，不会给你们增添太多麻烦的。等你们有了小孩，她还可以帮着带孩子呢。”

小倩从卧室里出来，也看了信，她说：“妈，您要好好活着，以后我们也带着您去旅游。”

妈妈自言自语地说：“就是不知道你爸爸的身体能吃得消吗？这病给闹的，他可别忘了按时吃药啊。”王哲忙追问是怎么回事。妈妈只好说实话：“孩子，你们看的那病例其实是你爸的。”

王哲一下惊呆了，含着眼泪给爸爸打电话，但是已经关机了。想了一会儿，他发了个短信：爸爸，要是感觉到累，您就回来吧，这里永远都是您的家。

# 热衷网购的女孩

## 行为怪异

办公室里新来一个叫刘雁飞的女孩，一看就是十分老实本分的姑娘。她不光安静，也十分勤快，什么活都抢着干，很讨大家喜欢。小范和另外几个小伙子还准备追求她呢，可是她的好朋友王小叶却说，人家已经名花有主，连结婚证都领了。小范只好惋惜地摇头叹气，大家一阵好笑。

办公室里有好几个人喜欢网购，尤其是几位女士，看到网上什么东西都想买，以至每天中午下班的时候，好几个快递公司的车辆都堵在公司门口。孙姐仅仅两年时间就网购了近十万块钱的东西，被大家叫作“网购达人”。

刘雁飞一来到这个办公室，就显示出了融入这个环境的坚定决心，只要谁一准备网购，她就会探过身子来，喊道：“有什么好东西，别忘了给我来一份。”不过令人奇怪的是，跟其他几位女士大包大包地买衣服不一样，刘雁飞好像对自己的穿戴不怎么在乎，身上换来换去就那么几件衣裳，都洗得变了颜色。她只对吃的东西感兴趣，别人有买的她买，别人没有买的她也买，从烧鸡、烤鸭、烧鹅到各种干果，只要网上有卖的，她就想办法买下来，不过量都不是很大，用她的话说就是尝尝而已。这也够浪费钱的，她每个月的工资也就刚刚三千。有人帮她统计了一下，光花费在这上面的钱就占去一多半了。大家背后给她取了个外号叫“小吃货”。

这天，他们经手的一个项目受到了老总的表扬，老总给他们加了薪，大家准备晚上好好聚一聚，庆贺一下。可是刘雁飞却面露难色，不想去。孙姐说：“你不要扫大家的兴啊，况且这次是公司出钱，这个项目你出力最多，所以必须得去。”拗不过，刘雁飞就去了。大家喝酒聊天，非常尽兴，可刘雁飞却一副魂不守舍的样子。孙姐问她是不是家里真有什么事情，刘雁飞点了点头，孙姐只好让她先走了。不过也就是刚刚到家，她又打电话过来问孙姐自己买的坚果仁是否忘在饭店里了，孙姐一看说：“是啊，我们帮你收起来就是了。”可是刘雁飞却说一会儿就来拿。孙姐调侃说：“多重要的东西啊，还怕我们吃了不成。”刘雁飞也没有过多解释。过了半个小时，她真的来了，一进门抖落了一身的雪花，原来外面正在下大雪。天哪，为了两小袋坚果仁竟然顶风冒雪，值得吗？她说回去的时候要打车，可是光打车费都能买好多袋坚果仁了，真是不可思议。从这件事之后，大家就说她脑袋有问题，连王小叶也这么认为。

这天下午，看刘雁飞不在，孙姐就问了大家一个问题：“刘雁飞这么爱吃零食，为何还这么瘦呢？”众人摇了摇头，孙姐说：“这个问题很简单，刘雁飞根本就没有吃这些东西，而是卖了。”“卖了？”大家很惊愕。孙姐说：“这是真的，昨天晚上我出来玩，无意中看见刘雁飞提着一袋子食品去了一个商店，出来的时候却是空着手的。我很好奇，就进去问了一下店主，店主说这个女孩经常把这些食品送到他的店里来。他感到价格很划算，所以就收下来了。”

我的天哪，原来刘雁飞是从网上买了东西，然后再高价卖出去，真有她的，不显山不露水的，竟然做起了生意来。看来还真不能小看她呀。

不过，对孙姐这个说法，王小叶却不认可，要是这样的话，刘雁飞为何不在网上多买些呢，偏偏买一点点。她想抽时间找她聊聊，可是刘雁飞好像一直忙忙碌碌的。这天中午，看时间还早，王小叶就想到刘雁飞的家里去看看。因为无论晴天还是刮风下雨，刘雁飞从不在公司里吃午饭，这让大家很好奇。王小叶的意思是看看刘雁飞有什么困难需要帮助。她来到刘雁飞居住的小区，左转右转，终于找到了她的家。打电话过去，刘雁飞先是很惊讶，问你怎么过来了，好像不怎么欢迎，也让她绕到楼南面的车库。她过来一看，原来刘雁飞在车库门口晒太阳呢。除了她之外，还有一个老太太。老太太的身边放着各种各样的小吃，摆在一个桌子上，足有十多样。

王小叶笑道：“果然不错，你还真是从网上买了东西然后再卖啊，真有经济头脑。”刘雁飞嘘了一下，然后介绍说这是她的婆婆。王小叶给老人家打招呼，可是老人眼直直的，连句话都没有说。刘雁飞有点尴尬，忙解释道：“老太太因为最近生病，所以反应不是很好。”

## 真实情况

不得已，下午回到公司，刘雁飞给大家讲了婆婆的事情。原来，刘雁飞的丈夫于小伟自幼就失去了父亲，是母亲含辛茹苦将他拉扯大的，供他上完大学。大学毕业后，好不容易找到工作，眼看着城里的房子价格像火箭一样往上蹿，当妈的就着急了，非要他赶紧买房子。于小伟本来是想先创业，等手里有了钱再说，可是妈妈偏偏不愿意，说城里物价这么高，猴年马月才能攒够买房的钱啊，我给你凑，不够的话再在银行里贷点款。于小伟笑着问："您能帮我凑多少啊，这房子可跟大白菜不一样。"妈妈说："这你就别管了，只管选房子就行。"于小伟就跟刘雁飞选了房子，过了两天，妈妈真送钱来了。当她一进门，于小伟跟刘雁飞都呆了，问道："妈，您就是这么来的？"妈妈点点头说："是啊，不这样来还怎样来啊。"原来她是背着一个尼龙袋子一路赶来的，等把袋子打开，哗地一下从里面撒出来一捆一捆的钱，不过大部分是零钱。他们用了两天两夜才点清楚，一共是八万两千元。这些钱还不够交首付的。一听连首付都不够，妈妈就着急上火了。于小伟赶紧劝她说也不差很多。于是他们又借了些，把首付交齐了。

刚刚领到钥匙，这房子的价格就已经上涨了两万多。刘雁飞高兴地跳了起来，像捡了多大便宜似的。于小伟流着泪问刘雁飞："你知道这钱是怎么来的吗？"刘雁飞摇了摇头。于小伟说："妈妈在老家开了个小食品店，每天起早贪黑，才攒下了这么些钱。"刘雁飞不禁对老人家肃然起敬。老太太正准备回去，却一下子晕倒了，送到医院，查出来一堆病。医生说这种情况必须接受系统的治疗，可是妈妈却坚持不愿住院，说要回去继续打理自己的小店，帮儿子还银行里的贷款。他们争不过她，只好给她办了出院手续，但前提是要在这里住上一段时间再说。可是没过多久，她又晕倒了，脑子也变得糊里糊涂的了，在家里也待不住，到处乱走，嘴里一个劲儿地嘟囔着要卖小食品，给儿子挣钱，有几次还差点走丢。于小伟和刘雁飞两个人陷入悲伤和苦恼之中，要是这样下去，连班也没法上了。有一次，刘雁飞突发奇想，就从外面买了一堆小食品，放在她面前，没想到老人家果真很高兴，也不乱走了，一下午都坐在那里守着。到了晚上回到家里，妈妈已经把这些小食品分成了好几堆，并且告诉他们说，有的食品不好卖，有的卖了不挣钱，进货就应当进那些既好吃又稀奇的。两个人就又到外面的商店去买，但妈妈还是不怎么满意，生气了就把小食品推在地上，弄得满屋子都是。他们绞尽脑汁，最后让刘雁飞豁然开朗的就是在公司办公室的网购。看见大家都在网上买东西，她就暗想，网上的食品不仅齐全，价格便宜，而且来自全国各地，很多都是婆婆没有见过的。于是，她就大肆网购起来。见有这么多好东西可卖，婆婆非常满意，精神状态比以前好多了，每天还算计着挣了多少钱，还欠银行里多少钱，虽然还是糊涂，但至少不到处跑了。

听了刘雁飞的故事，大家都很感动，小范说："真够难为你们小两口的，以后我们帮你网购，也可以减少你的负担。"刘雁飞笑着说："不用，也花不了多少钱。虽然我三两天头就得更新一次婆婆的'食品柜台'，但是换下来的食品除了让婆婆吃一些外，剩下的都送到小卖部去了。我跟老板说好，是原价给他们，如果在一定的时间卖不了的话还可以再返还给我，这样我们就可以打打牙祭了。

## 出现意外

周末这几天，于小伟出差了。王小叶提出来可以过去帮一下忙。刘雁飞说："好啊。"刘雁飞的婆婆并不需要特殊照顾，就是爱唠叨，总怪自己挣的钱少，连房子都给孩子买不起。王小叶就在一旁劝她，说："阿姨，您这已经够好的了，攒这么些钱，您看买的这房子多好啊。"婆婆说："不行，还欠银行不少钱呢。"王小叶不忍心她这么辛苦，就随口说："欠的钱早就还完了。"婆婆一听这话，眼睛直直地问道："这是真的吗？"王小叶点点头说："是真的啊，所以您就不要再开店卖食品了，享享清福吧。"

让王小叶没有想到的是，婆婆径直走到自己屋里，拿出一个包裹。王小叶问："阿姨您这是干什么啊？"婆婆又唠叨开了，说："我在这里白给孩子增加负担，我还得回去拾掇家里那一亩地呢。"王小叶吓坏了，忙叫出在厨房做饭的刘雁飞。刘雁飞也不知如何是好，只是苦苦相劝。但是婆婆非要走。刘雁飞忙拿出两包早就准备好的小食品让她继续卖，可是这次不管用了，婆婆还是闹。她们撒谎说今天太晚没车了，明天再走也不迟。

接下来两个人犯起了愁，该怎么办呢？商量来商量去，最后决定向其他人求助。第二天，小范和孙姐来到刘雁飞的家，张口就跟她要钱，刘雁飞大声问："再宽限两天不行吗？"他们说年前必须得还三万块钱。说这些话的时候，婆婆就在跟前。等小范和孙姐离开后，婆婆唠叨道："难不成你还清了银行里的钱，还欠着别人的啊？我不走了，再帮你们挣些钱。"刘雁飞和王小叶相视一笑，赶紧拿出孙姐偷偷放下的几包网购来的小食品递给婆婆。

周一来到公司，有人问刘雁飞："要不你干脆把婆婆送到乡下去得了。"刘雁飞说："那可不行，要是那样的话，别说于小伟不同意，就是我也于心不忍。一想起上次婆婆背着一袋子零钱来的情景，就感觉心酸，怎么舍得她再回去辛苦劳作呢。我想，只要让她有点事情干，就能安心在这里住下去。"

孙姐说："那还不好办，你跟小伟赶紧举行仪式，有了小宝宝，让婆婆帮你看啊。"一听这话，刘雁飞脸上飘过一朵红云。

王小叶过来说："你何时举行婚礼啊？我当你的伴娘吧。说实话，这段时间我一直跟男朋友家怄气呢，说以后有了房子决不让公婆来住。跟你一比，我感到惭愧啊。"

孙姐把刘雁飞叫到外面，说结婚的时候不用她买衣服了，可以到她家里去挑。这让刘雁飞很惊讶，忙问原因。孙姐叹了口气说："在你刚来的时候，我以为找到知己了。我对网购可是情有独钟，白天在办公室里购买的还是少量的，只要一回到家里，就坐在电脑跟前，无论用的还是不用的，都一堆一堆地买，为此老公都给我下了最后通牒了，说再这样下去，就跟我离婚，可是我欲罢不能。直到听了你的故事才知道，你虽然也网购，但那是出于无奈，而且一分一分地掐着算。相比之下，我太浪费了，所以从那天起，我就已经减少了网购量。我还要好好感谢你呢。那些衣服我也穿不过来，放在家里还占空间。"刘雁飞说："好啊，这还省我的事了呢。孙姐，不是我说你，这网购可以，但是要成瘾成癖就不好了，以后我就负责监督你吧。"

过了几天，刘雁飞接到一个电话，是中介打来的，说有人相中了她的房子，并约好了看房的时间。

"你要卖房子？"大家一个个脸上写满了惊奇，尤其是王小叶，更说她疯了。刘雁飞一脸平静地说："房子可以慢慢攒钱再买，但是婆婆的病不能老这么拖下去，我已经跟小伟商量好了，先租房子住，就跟婆婆说是另买的。"

小范说："我来总结一下你的意思吧，那就是房子到处有，可婆婆就只有一个。"王小叶白了他一眼："你总算说了句真话。"

刘雁飞又说："等婆婆病好了，我们就举行婚礼，到时候你们可都得去啊。"大伙一听，高兴地说："行，你放心吧，有我们在，出租屋里的婚礼照样很精彩。"孙姐赶紧扭过身去，边操作电脑边说："我得帮你看看能不能从网上买些喜糖啊什么的。"众人都哈哈大笑起来。

# 就怕太出名

## 出名

王伟哲是市中心医院的外科主任。

这天，上五年级的儿子王小浩说："爸爸，我们班的很多同学可崇拜你了。"

王伟哲边吃边心不在焉地说："是吗？他们都说什么了？"

小浩回答道："他们有的说你做手术是用一只手做。"

王伟哲和妻子都笑了起来。

小浩说："同学们的意思就是你厉害。还有一个叫张明喜的同学说你做手术从来不请外面的医生，自己做。"稍停，儿子又补充道："我那天把他臭骂了一顿，这还用他说吗？"

儿子说的这些，王伟哲也没放在心上。

省电视台傍晚有个节目非常受欢迎，名字是“小事一箩筐”，说的都是老百姓身边的事情，收视率相当高。

这天，小浩回家说：“班里有同学传言这几天电视上要播出爸爸的事迹呢。”

王伟哲仍然没有当回事。不过到了晚饭期间，小浩打开电视，“小事一箩筐”刚刚开始。里面果然正在播放王伟哲的事迹，说他医德高尚，从来不收红包，有一次竟然还自己掏钱，为交不起住院费的病人排忧解难。还说他医术高明，所有手术都是他一个人亲自做。整个节目不是很长，也就有三分钟。小浩是一个劲地鼓掌，高兴得连饭都忘记吃了，妻子也是笑逐颜开的，只有王伟哲把脸拉得老长。

第二天，小浩回到家里高兴地说：“爸爸，你猜是谁向电视台写信宣传你的？”

“是谁？”王伟哲一下子从沙发上站了起来。

儿子说：“是我们班的张明喜，他今天都承认了，他真够哥们儿，我请他吃了汉堡包。”

“张明喜？我怎么从来没有听说啊。”王伟哲问。

儿子补充道：“他是这学期刚从那所被拆除的打工小学转过来的。不过我也揍了一个同学，他叫刘明远，这家伙竟然唱反调，说你有时也请外面医院的医生来帮着做手术，这简直就是在侮辱人啊。”

## 找到写信者

这天是周末，王伟哲开车带儿子出去玩，不知不觉就来到一处城中村。小浩忽然说道：“爸爸，张明喜家就是在这里租的房子，要不，我们找找他的家吧。”

王伟哲说：“那好吧。”

他们七绕八绕地终于来到了张明喜的家里。在这之前，王伟哲对这个张明喜还是一肚子的怨气。可是当看见这个孩子的时候，他已经没有气可生了。站在面前的两个孩子，都是瘦瘦的，营养不良的脸上挂着稚气和局促不安。

小浩介绍说：“爸爸，这个就是张明喜，”然后又指了指旁边的男孩说，“这个就是跟我打架的刘明远。”

王伟哲对他们笑了笑，算是打过招呼。这时，里屋传来一个男子的声音：“小喜，谁来了？”

张明喜回答道：“爸爸，是我同学来玩，您就安心歇着吧。”里面的人就不再说话了。

小浩骄傲地说：“你们看见了吧，这就是我爸爸。”

张明喜先是一阵惊慌，赶紧让座，倒水，很老练的样子。然后就站在一边，过了好大会儿才问：“王叔叔，我往电视台上说的那些事情都是真的吧？”

一旁的刘明远插话说道：“王叔叔是好心人，我奶奶住院就是您给帮助解决的住院费。”

“你奶奶是谁？什么时候住院的？”王伟哲不解地问道。

刘明远回答道：“我奶奶是今年夏天住院的，她的腿摔断了。”并说出了奶奶的姓名。

王伟哲想了一会儿，有印象了。当时她家缺六百块钱，医院给停了药，就是他慷慨解囊，让她得以治好了病。于是问：“你奶奶身体恢复得怎么样啊？”

刘明远说：“早就好了，省里的专家就是厉害。”

“你怎么还这么说呢。小心我还揍你！”小浩说着就攥起了拳头。

刘明远说：“王小浩，你误解我的意思了，其实我是在夸你爸爸责任心强，当时我奶奶的病情很严重，为了保险起见，你爸爸才请了外面的专家来做手术，我奶奶经常念叨着要好好谢谢你爸爸呢。”

小浩仍然不服气地噘着嘴，开始揭短，说：“你经常不交作业。”

刘明远委屈地说：“因为请专家做手术，爷爷卖了他心爱的牛，没了牛，爷爷只好去打工，奶奶的病好了，也到外面去捡废品，我就得做饭，哪有时间写作业啊。”说着就呜呜地哭起来。王伟哲听着也有点心酸，这才想起这孩子从小没了爹妈。

王伟哲问张明喜：“你明明知道我是请外面的专家给刘明远的奶奶做的手术，为什么还写信说我一直以来都是亲自为病人动手术呢？”

张明喜却说：“王叔叔，既然您来了，能麻烦您给我爸爸看看病吗？”

王伟哲说：“好吧。”他才想起里屋那位应当就是张明喜的爸爸。

刚跟病人照面，他就愣住了，这个病人他认识，上个月一瘸一拐地到医院里咨询过。病人的腿犯毛病已经很久了，需要极早手术。病人询问：“需要多少钱？”他说了个大体的数字，并告诉病人这个手术需要请外面的专家来做。于是病人犹豫了。没想到今天竟然在这里又见面了。

看着他家家徒四壁，王伟哲心里真不是滋味。与此同时，张明喜的爸爸也认出了他。互相打过招呼后，王伟哲帮他看了看腿，然后严肃地说：“老大哥，你这病要是不赶紧治的话，恐怕要终身残疾了。”

张明喜的爸爸回答道：“我也想赶紧治啊，可是……”

张明喜说："王叔叔，您要是亲自动手术的话，我爸爸就会去做手术的。因为如果不做手术的话，我爸爸就没有办法去打工，只靠我妈妈的话，我连学都没法上了。"顿了顿他继续说，"您技术高，亲自动手术的话肯定行。"

王伟哲笑了一下说道："让我给你爸爸做手术，这就是你给电视台写信宣传我的原因吧？"

见被看穿了，张明喜不好意思地点了点头。

王伟哲轻松地对张明喜的爸爸说道："明天你就去医院吧，到时候我亲自给你做手术。"

父子俩都高兴地笑了起来。

## 心里有愧

回来的路上，小浩说："爸爸，您以后还是不要亲自给病人做手术了。"

王伟哲不解地问："为什么？"

小浩回答说："前两天看报纸，说有个医生给病人做手术的时候，病人非要往他兜里塞红包，后来那个医生因为这个被医院给开除了。所以我就怕那些病人也这样做，让您受牵连。到那时，我在同学们面前的形象也就……"

听了这话，王伟哲脸上一阵发热，内心里却波涛滚滚。其实这些手术他都能做，但他不好意思收红包，于是每一次，他都会对家属说病情很严重，然后提出来要到上级医院去请专家来做，这样病人家属就会额外交几千块钱，作为请专家的费用。其实每一次手术都是他自己做的，而这笔钱自然就落在了他的腰包里。这种潜规则已经被他用的炉火纯青了。没想到在电视上演了他的事迹后，再接诊时，很多家属坚决不要他请专家了，非点名让他亲自做手术，说更信任他。

可是，他没有想到，几千块钱就会决定一个人和一个家庭的命运。

现在他决定要好好思考一下那些所谓的潜规则了，对得起自己的良知才是最应当遵守的规则。

# 第四辑　都是谨慎惹的事

# 很多人的掌声

傍晚，护士长秦丽娟下班回家。此时雨越下越大，过了一处公园，她发现前面躺着一名年轻女子，一辆电动车翻倒在一侧。

出于职业本能，秦丽娟没来得及多想，立刻下车查看情况。发现女子的头部、手、脚都有血迹，其中头部血迹较多。血水混着雨水，染红了一大片。

“表姐，用我下去吗？”车上除了九岁的儿子外，还有表妹晓雪，她在秦丽娟的医院实习，今天不小心崴了脚，秦丽娟准备把她接到自己家里住几天。

“你别乱动，在车里等就行。”秦丽娟下了车，蹲到了受伤女子身边。

“能听见我说话吗？”女子没有应答。秦丽娟立刻给 120、110 打了电话。她不敢动女子，如果是颈椎受伤，随意挪动后果会更严重。过了好一会儿，女子才清醒过来，迷迷糊糊地反复说“头好痛”。

秦丽娟推测，女子可能是脑袋受伤了。

确认女子脊柱没有受伤后，秦丽娟扶起她坐在地上，发现女子的胳膊有一道很长很深的伤口，血一直往外流。秦丽娟从自己口袋里掏出了一块手帕帮助止血，并用纸巾擦拭她身上的血迹，等待救护车的到来。几分钟后，围观的行人逐渐多了起来。

“是你撞的吧？还不赶紧把人家送到医院去。”人群中传出的一句话，让秦丽娟心里一惊。随即有人附和：“不然哪有那么好心，下雨天停车来救人。”她没有扭头，只说了一句话：“我没有撞她，我是医院的护士长。”秦丽娟这才担心，万一好心帮忙被冤枉了怎么办。

整个过程中，很多人在旁边支持秦丽娟，当然也有人说着风凉话，可她没有辩解，只顾着照顾受伤女子。十分钟后，救护车赶到，医生说：“幸亏止血及时，否则就危险了。”秦丽娟则仍留在现场等待交警，这一切被秦丽娟的儿子看在眼里。上车后，他为感到有点委屈的妈妈打气：“妈妈，你做的是对的！”这句话让秦丽娟鼻头发酸又倍感欣慰。

交警到后，对事故现场拍照取证，又仔细查看了秦丽娟的驾驶证、行驶证和身份证，并提出要查看一下秦丽娟的行车记录仪。遗憾的是，仪器当天由于接触不良，没有开机工作，她想让自己的儿子和表妹作证，但有人告诉她，这样的证明可信度较低。

“我们回去看下监控录像，一定会搞清真相。”交警说。

实话说秦丽娟有点紧张，她在微信朋友圈中这样写道：“伤心、委屈、难过、郁闷、彷徨、无助，甚至打心里的害怕”。

第二天，交警告诉她，监控视频距离太远，加上又是大雨天，所以无法弄清真相。她都快崩溃了。儿子问她：“以后遇到了这种事情，你还会及时出手帮助吗？”她果断地点了点头，自己是医护工作者，怎么会不救呢！话虽这么说，但内心里却非常不安。

巧合的是，受伤的年轻女子被送到了秦丽娟所在的医院。经检查，女子在事故中脑部损伤，颅内蛛网膜下腔出血，还有个小血肿，好在救治及时，伤情基本稳定。但是对当天发生的事情，她也不能说清楚。

三天后，事情有了转机，交警打电话告诉秦丽娟，外地有个叫张峰的男子看到报道后，向警察提供了自己的行车记录仪，证明女子是被一辆小货车剐蹭倒地的。交警据此查到了肇事车辆，司机是名新手，第一次下雨天驾车，所以有些慌张，连自己撞到人也完全没有察觉。

此时，雨后的天空出现了久违的彩虹，抚去了秦丽娟心头的阴霾。秦丽娟第三次来探望了伤者，女子握着她的手，连声称谢，说要不是她及时帮助，光流血也会死掉的。这个受伤女子的丈夫说：“您帮助了我们，自己却受了委屈，真的很抱歉。”

正巧，肇事司机也来看望伤者，他说：“如果不是你帮忙，要是伤者有个三长两短，那我的罪可就大了。”

在家里赞扬她的除了丈夫和儿子外，还有表妹晓雪，她说自己也即将成为一名护士，要以表姐为榜样，救助更多的人。

面对称赞和表扬，秦丽娟变得害羞起来。在秦丽娟看来，尽管看起来是她帮助了别人，但在这个过程中，她收获了不仅有亲人、同事还有陌生人的信任和关心，这让她感到温暖，也让她更加坚定。

可是事情还没有结束。这天，同事告诉她，说有个人想见她。她来到办公室，是一名年轻男子。男子先自我介绍，说自己叫张峰。张峰？她一听差点高兴得喊叫起来，连忙说：“谢谢，要不是你提供了行车记录，我就没办法洗清冤屈了。”

张峰说：“其实我今天是特意来感谢你的。”

“感谢我？”秦丽娟有点疑惑。张峰这才告诉她事情的真相，那天回到家里后，他观看自己的行车记录仪，不经意间，看到了小货车肇事的场面，他本不想多事的，但后来在网络上看到了秦丽娟救人的帖子，再三犹豫后，给交警打了电话。

“我这刚从交警队出来。”张峰说。

“你去干什么，不是早就提供证据了吗？”秦丽娟更加疑惑了。

“其实，那天在郊区也有一个老年人被撞倒了，因为那一带没有监控视频，也没有目击者，所以一直找不到肇事车辆，我今天就是去自首的。”

秦丽娟很感意外。张峰说：“你的举动让我无地自容，不过现在好了，一身轻松。所以我要谢谢你。”

# 战友

## 一

今天，张峻巍和其他来自全国各地的战友相约来到泰城，他们是来参加一个战友的企业开业典礼的。因为好多年不见了，他们就约好提前两天到达。这样既可以帮战友打理一下开业事宜，又可以好好聚聚，一叙相思之情。当天上午来了三十多人，大家互相握手，互相拥抱，场面热烈感人，不少人流下了眼泪。

屈指算来，已经分别快三十年了。这次聚会，让大家非常感慨。感慨时光荏苒，从风华正茂的青年，转眼步入到了五十多岁的年纪。他们中有不少人事业有成，张峻巍就属于这一类的。他在老家经营着一家大型的电子公司。其他一些人也在各行各业，有所建树。于是大家就嚷嚷着要他们这伙人请客。“请客，没问题的，聚会就是玩个痛快的。”于是来到泰城一家大酒店。

席间，他们谈论最多的还是在部队上的那些人、那些事。军旅生涯，丰富了他们的回忆，充实着他们的人生，更重要的是他们还是当年的参战部队，这让他们的生命和生活更有了一层特殊的含义。他们还互相打听某某战友的下落，一个个地边喝酒，边掏出手机记录下战友的联系方式。张峻巍提议，咱们这些人的相聚，是一种无法忘却、也不能忘却的记忆，所以无论谁遇到了困难，就提出来，其他人一定要尽力帮忙。对这个提议，众战友无不鼓掌赞同。他们不约而同地唱起了《战友之歌》，又唱起了最近在网上流传的《参战老兵之歌》：

我们是当年参战的老兵
我们冲锋陷阵杀敌立功
南疆沙场我们叱咤风云
万里边境有我们矫健身影
我们是当年参战的老兵
我们保家卫国不怕牺牲
硝烟远去我们怀念战友
木棉青松是战友们的英灵
老兵不老军魂永恒
青春不再依然血性
不后悔岁月的匆匆
甘愿奉献无悔今生……

歌声让大家无不动容，个个都泪流满面，连服务员也被感染了。

## 二

吃完饭，他们出了酒店，张峻巍跟当地的一个战友王小林边谈边往外走。王小林见前面一辆车还有个空位，就上了那辆车。他边上车边指马路对面，对张峻巍说："那也是我们的战友，还是一个营的。"

张峻巍放眼过去，只看见一个蓬头垢面的乞丐，"你说什么？快下来给我说清楚！"说着就把已经迈上车一条腿的王小林从车上拉了下来。

"你开玩笑吧？"张峻巍说道。

王小林说："这是真的。"

这时又有几个战友陆陆续续地走了过来，问："怎么回事啊？"

当从王小林那里得知那个乞丐有可能是他们的战友时，大家谁也不相信。王小林看了一眼那个乞丐，指了指自己的头说："他这里有点问题。"

说话间，大家已经来到这个乞丐面前。这个乞丐在阳光的照耀下，一脸茫然，身上发出阵阵难闻的气味。

张峻巍问："你们谁认识他？"

一个战友围着乞丐转了几圈，自言自语道："好像是侦查连的辛建武。"

"辛建武！"有人这样叫了一声，乞丐就转过脸来看着他们。大家都被震撼了，一个老兵马上就掏出手机向远方的一个战友求证，问侦查连是否有个辛建武，得到的是肯定的答复。

大家马上行动，有的到旁边的商店里给他买吃的，有的满含眼泪给他整理衣服，还有个老兵给他点燃了一根烟。大家围着他问这问那，但是辛建武只能用含糊不清的语言进行回答，没人能听得懂。最后大家纷纷解囊，把钱塞进了辛建武的手里。

一直到晚上，大家心情都很沉重。吃过晚饭后，张峻巍和几个战友再次来到辛建武待的地方。只见他已经在一条人行道上睡着了，旁边摆放着一副很久没有洗过的碗筷，几件破烂不堪的衣服，让人非常心酸。他们轻声呼唤他的名字，辛建武抬起头看着他们，神智有点清醒了，在夜幕的笼罩下，他们清楚地看见两行热泪从辛建武的脸上流下……战友们哽咽着说不出话来。

“从今晚开始，一定不能再让他睡在大街上！”张峻巍坚定地说。大家点头表示赞同。当即，他们兵分两路，一路带辛建武去洗澡吃饭，一路去找当地的领导。很快便从当地领导那里得知，辛建武本来就是个孤儿，婚后又因为家庭变故，受了刺激，所以变成这样了。领导表示会马上联系民政局，给老兵一个好的去处。

吃过饭的辛建武有了力气，也愿意跟大家交谈了。当大家唱起《战友之歌》时，辛建武再次流下了眼泪。一个老兵提到了他们排长的名字，辛建武一下子情绪激动起来，大家以为他想念战友了，可是他竟然许久安静不下来，嘴里嘟囔着，还双手比比画画的，众人都莫名其妙。这时一个战友拿出随身带的笔和本子让他写，他写得歪歪扭扭，但是还能看出来内容：欠我四块。大家都哈哈大笑起来。张峻巍若有所思，相信假以时日，这位战友一定会好起来的。

一位老兵从兜里掏出来一张五十元的钱递过去，可是辛建武根本不接。无奈，这个老兵就装作跟排长联系，又借故到远处，过了一会儿，他手里拿着四块钱回来了，这下辛建武没有再拒绝，攥在手里，看了又看。大家这才释然了。当晚，辛建武被民政局的工作人员收留，工作人员承诺一定会把他的事情管到底。

## 三

战友的开业典礼办得很隆重，也很顺利。细心的张峻巍还特意把辛建武请到了现场，让他感受这热烈的氛围，也感受一下浓浓的战友情谊，但在吃饭的时候他却不见了。张峻巍连饭也吃不下了，叫上几个人去找。大家忙了好大一阵子，最后才听说他已经回民政局了。

张峻巍因为还要到另一个城市去谈生意，所以不得不提前离开。临走时，他叮嘱当地的战友一定要多去看看辛建武。

张峻巍开着自己的越野车出了市区，来到一个偏僻的地方。这里道路非常难走，他不得不放慢车速。前面两块巨石挡住了去路，他试了几次都不能绕过去，只好下车查看。可是脚刚刚落地，就被一件尖锐物抵住了后背。

“识相的话，就老实点。”他心里一惊，知道是遇见了劫匪。于是慢慢回过头去，看见两个凶神恶煞的男子。

“大哥，你们什么意思？咱不认识啊。”他说道。

“我们是不认识你，但认识你的钱。如果能给我们五十万的话，绝对保证你毫发无损，否则，别怪我们不客气！”一个男子恶狠狠地说道，另一个则手脚麻利地给他戴上了手铐。他们把张峻巍押到路边的一棵大树下，让他赶紧给家人打电话。两个人晃着手里明晃晃的刀子，十分嚣张。张峻巍一时不知如何是好，过了好大会儿才冷静下来，心里思索着应对方案。但是一个歹徒已经收走了他的手机，正在调取里面的电话号码，另一个则狠狠地踢了他一脚，让他老实点。

这时，他看见后面的树林里悄悄走出来一个身影。他定眼一看，这不是辛建武吗，他怎么会在这里？只见辛建武两只手里各拿着一块砖头。张峻巍明白过来了，他这是在救自己。为了转移两个歹徒的注意力，张峻巍佯装难受，口里喊叫着。这时，辛建武已经到了两人的身后，手里的砖头猛然向一个歹徒头上拍去。一声惨叫后，这个歹徒已经瘫倒在地上。另一个歹徒吓傻了，转身就跑，辛建武使劲地抱住了他的腿。这个歹徒狗急跳墙，用刀子胡乱向辛建武腹部捅去，张峻巍飞脚踢向这个歹徒的脑门，歹徒应声倒在地上。

此时，民政局的领导和几个员工也赶来了，他们是一路跟着辛建武来的。张峻巍悲痛地大声叫道："快救辛建武，他受伤了！"大家把辛建武扶起来，他捂着自己的肚子，还在那里傻笑呢。

"伤到哪儿了？"可是怎么不像啊，连一滴血都没有。几个人赶紧撕开了他衣服，只见肚子上缠着一块硬皮子。

张峻巍乐了，眼泪都出来了："你啊你，到底是干过侦察兵的，我真是服你了。"

众人也都松了一口气，纷纷议论道："原来你不傻啊。那你从民政局里偷偷出来干啥？害得我们好找。要是找不到你，别说上级生气，就是你们这些战友也不乐意啊。"

张峻巍也百思不得其解，是啊，他怎么跑到这里来的？这时一个领导给出了答案。他说："这几天他看见了自己的战友，内心非常感动。以前他整天在街上乞讨，肯定认识这两个小混混，或许发现他们对你进行跟踪，就在暗中保护你。"

张峻巍点了点头，据此联想到辛建武今天去参加战友的开业典礼，或许就已经发现了这两个人，所以提前离开，应当是跟踪这两个家伙，当然这些都是自己的推理。但不管怎么说，老兵辛建武救了自己，否则还不一定会发生什么事情呢。

民政局的领导诉苦：“辛建武两天跑出来了三回，我们都不知道该怎么做。”

张峻巍说：“他在外面习惯了，肯定不适应里面的生活。这样吧，等我谈完这笔生意，会再回来的。我准备把他接到我那里，给他安排一份适合他的工作，同时让他好好调养调养。”

张峻巍握住辛建武的手，然后对他行了个军礼，辛建武也缓缓举起手来还礼。几十年了，军礼竟还如此标准，他们久久擎着手，眼泪在两人的脸上流淌。

## 老家里的事

要在往年，过了正月初八，阿东就要和小翠一起离家去打工了。这个时候走，一来好坐车，二来再晚了怕耽误孩子上学。可是现在都初十了，阿东还是没有要走的意思，整天黑着个脸，像别人欠他钱似的。从过完年到现在，他就一直这样，小翠问都不敢问。

小翠终于忍不住了，问："何时走？"

阿东把手伸进口袋里，小翠知道他要掏烟，不过为了给儿子做个榜样，他早就把烟戒了。摸索了半天，阿东掏出来个小纸条，卷成小筒，叼在嘴上，狠狠地吸了一口，说道："要不你们明天先走，我处理完家里的事情，马上就去找你们。"

小翠想了想也只好如此，接着又问："你到底有什么事？"

阿东摆摆手说："别管了，你还是不知道的好。"

把小翠和儿子送走后，阿东就去找二旺。原来拜年的时候，阿东得知村主任李运来克扣大家的种地补偿款和占地款，很多人都拿他没办法，村民们敢怒不敢言。阿东看不下去，就跟二旺说好了，这几天一定要好好治治这个村主任，为村民们做主。于是阿东就写了一封检举信寄到了县里。当时二旺说可能效果不大，阿东可是信心十足，说："我就不信没有说理的地方，等着吧，一定会有人管的。"

见了二旺，阿东就开门见山地说："刚才接到电话，下午上级要来查村主任的事。"

二旺一听很高兴，在阿东胸脯上捣了一拳，说："真有你的。"

阿东说："那当然，老将出马，一个顶俩。不过现在还不是高兴的时候，下午我们要准备好发言，争取把村主任做的这些事都讲出来。还要选出几个人来。"

二旺有些犯难地说："选人难哪，这种事情都怕得罪人，谁肯出来啊？"

阿东问："那你怕不怕？"

二旺一拍胸脯说："我有什么怕的啊，天将降大任于……"

阿东打断他的话："行了，别背诗了，我知道你厉害。"阿东转了个话题，"下午我先说，然后你补充。"

二旺有点怀疑地问："你行吗？这么长时间不在家。"

阿东说："你等着看吧。"

到了下午，调查组来了三个人。村主任李运来和几个村干部早在院子里等候了，与此同时，阿东、二旺和另外几个胆大的村民，也迎了上去。调查组的人跟他们一一握手。阿东和二旺先做了自我介绍。调查组的人很和蔼，说："这是一次了解情况的专题会。"

看着阿东有些疑惑，调查组组长解释说："就是大家坐在一起，谈谈看法，为的就是解决问题。"

“那村主任要是在场的话，谁还敢说啊。”一个村民不满地说。没想到阿东说：“他出场也行，这样当面鼓对面锣，省得他说咱诬陷他。”

大家来到村会议室，先有村主任陈述了自己上任以来的种种表现，当然净是拣好听的说，基本上成了他的功劳展示会。等他说完了，轮到阿东了，他站起来清了清嗓子，大声说道：“在这里我只想补充主任的两项功劳。”他这一说，周围一片哗然。二旺在下面用脚狠狠地踩了他一下，连村主任也投去了惊愕的目光，调查组的人更是不明就里。阿东不管这些，说：“主任的第一项功劳是增加了进城率。”调查组的人有的点头，推动小城镇建设嘛，进城率是个重要的指标。“一是我们村的大树都进城了，二是南山上的巨石也都进城了。当然是被贱卖的，这些东西连我们老百姓都不知道怎么就被上了城里的户口，以前绿绿的大山上，现在是千疮百孔。”原来是这样啊，几个村民会心地笑了起来，村主任的脸却是越来越难看。阿东继续讲：“第二项功劳是我们主任带头为国家拉动了内需，主要体现在三方面：一是我们周围的饭店异常火爆，二是小卖部里的高档烟酒销量大增，三是拉动了城里的油漆销量。”下面又是一阵哄笑。阿东补充道：“你们也看到了，我们村靠近公路的地方都被刷得焕然一新。”调查组组长问：“阿东同志，说话可要有根据，你讲这些都有真凭实据吗？”阿东用手一指村民，“大家有目共睹”。二旺就把自己掌握的证据一一讲了出来。主任耷拉着脑袋一句话也说不出。

会后，大家都夸阿东讲得太过瘾了，本来村主任还准备表扬他呢。阿东高兴地说：“我以前上学学过这法子，这叫什么欲，欲抑先扬。”二旺说：“东哥，你真该上大学。”阿东有点悲伤地说，好汉不提当年勇，要不是当时家里穷，估计早就上大学了。其实说这话的时候，他自己都感到脸红，当初阿东一连复读了几年都没有考上大学，正准备报名再考时，爹说："小东啊，别考了，再考，就连去县城路上的狗都认识你了。"一句话彻底浇灭了阿东"屡败屡战"的革命热情。

调查组经过两天的调查，宣布了两件事情：一是对村主任李运来进行罢免；二是要选举产生新一届村主任。村民们对只罢免李运来表示出强烈的不满，觉得这太便宜他了，至少应该把贪污大家的钱吐出来。调查组的人说没有过硬的证据不好法办他。

阿东找到二旺说："二旺，李运来的弟弟也报名参加村主任竞选了，他说要给他哥哥报仇。所以你一定要参加竞选，带领乡亲们致富奔小康。"

二旺说："东哥，我看还是你来干吧。"

阿东说："我还要去打工呢。"

二旺就说："那我就参选吧。"

可是等到第二天去报名时，二旺惊奇地发现阿东竟然也报名了。这让二旺很受伤。这段时间阿东的名声如日中天，他这一报名还有自己的份儿吗？

果然，在第一轮竞选演讲中，阿东发挥出色，很多人表示要投他的票；二旺的人气指数是第二名；李运来的弟弟靠撒钱也拉拢了部分人，排在第三名。非但如此，阿东还到处散风说自己这次稳操胜券，村主任的位置非他莫属了。二旺气得不轻，发誓一定要超过他。二旺惊奇地发现阿东竟然跟一些商人在一起吃吃喝喝，这些人有的是在村里包工程盖房子的，有的是跟村里的厂子有业务关系的，并且阿东还让大旺去陪酒。二旺就更生气了，心里说："行啊，怪不得这么急切地要把李运来掀下来，原来是想从中捞取好处啊。"

二旺就气呼呼地去找哥哥，警告哥哥不要跟阿东这样的危险分子在一起。大旺说："你懂啥，人家阿东有头脑，是办大事的人。"

一个星期后，李运来就被带走了，因为检察机关掌握了新的证据。临上警车，李运来愤怒地对阿东说："你真狠！叔真白疼你了。"

阿东也不甘示弱："是你太狠，把老百姓不当一回事，还是在里面好好反省吧。"这一下都把大家给看傻了，然后就是高兴地奔走相告。二旺也很高兴，阿东主动过来跟二旺握手，二旺却把手收了回来。

大旺过来推了弟弟一把，说："你也不想想，要不是阿东，李运来能被带走吗？"

看着二旺很疑惑的样子，大旺这才详细地跟他解释。原来，阿东故意散布自己就要当选的信息，这样一来，几个跟村里有关的商人就坐不住了，赶紧来拉拢阿东，好让他在上台后多多照顾自己。阿东就将计就计，因为自己酒量有限，就把酒量很大的大旺叫去。在席上，那些商人被大旺灌得东倒西歪，就透露出了跟李运来行贿送礼的事情，阿东用事先准备好的手机录了音，并交到检察院。大旺说："光酒席钱人家阿东就支付了一千多块呢。"二旺不好意思地跟阿东握手，并说："对不起。"

这时很多人拥了过来，表示投票时一定会投阿东。阿东动情地对大家说："乡亲们，你们的心意我领了，你们要是信得过我的话，就把票投给二旺吧。他是大学生，又在外面闯荡过，有文化，有经验，又有干劲儿，一定会把我们村带上幸福富裕的金光大道。"乡亲们报以热烈的掌声，二旺更是激动得热泪盈眶。

第二天，阿东让大旺用拖拉机把自己送到村后面的公路上，然后坐上长途车去了南方城市打工。

见到了小翠和儿子，他高兴得不得了。小翠见阿东这几天瘦了不少，就心疼地多炒了几个菜。小翠问："现在能告诉我你留在家里干什么了吗？"阿东边喝酒边说："我为咱村里掀掉了一个发展道路上的绊脚石，要不是一直挂念着你，说不定我就是村……村主任了呢。"小翠脸一红，心里乐开了花。

## 绝版绿色

王元挺在外面搞房地产生意，狠狠地挣了一笔钱。后来被同伴排挤，就一气之下回到家乡。他闲不住，总想着干点啥，既别出心裁，又能赚钱，可苦思冥想后，感觉也没有啥好项目。这天，儿子让他看一幅刚刚获奖的漫画，题目是《未来绿色家庭》，画的是一个三室两厅的房子，两间住人，一间用来养猪、鸡、羊，房顶上则种满了庄稼。他问儿子为何要这样。

儿子一本正经地说："你没见人们都说现在什么都不敢吃，只有自己亲手养的和种的才放心吗？"

他抱住儿子高兴地说："你可真有创意。"

王元挺一下子豁然开朗，立即就想起了一个新点子。他说干就干，先在村里的山脚下承包了十几亩地，按照不同的用途建起了许多形态各异的小房子。

朋友说："你以前盖房子赚人的钱，现在又盖猪圈、鸡窝，这是开始赚动物的钱了啊？”

王元挺赶紧纠正：“打住，你们有爱心点行不行，在这里不叫猪圈，也不叫鸡窝，应该叫‘绿色房舍’。”

他老婆也感到不可思议，现在郊区搞休闲旅游的很多，你能竞争过人家？并嘲笑他说：“等开业的时候就是关门的时候。”

王元挺笑着说：“我这叫独辟蹊径，抓住当前的形势，自然前途无量。要不咱打赌？”

老婆说：“打什么赌啊，我就等着帮你应付银行的贷款吧。”

与此同时，他的营销广告也在一些媒体打出来了：清新、舒适、纯天然；休闲、健康、百分百。王元挺的老爸王一鸣是一位退休医生，这段时间到外地去串亲戚，回来的时候，王元挺的工程已经完成一半了。见老爸来到了工地，王元挺就赶紧来汇报。

“这能行？”王一鸣疑惑地问。

王元挺解释说：“爸，你又不是不知道，现在城里人最希望的是能呼吸新鲜空气，能吃到纯绿色食品。现在他们能吃上自己亲手做出来的食品，一定会高兴得不得了。”

王一鸣有些担忧：“恐怕会让他们更懒了。”

王元挺说：“怎么会呢，他们自己动手，体会劳动的快乐，还能锻炼身体呢。”

王一鸣也就没有再说什么。

没想到这段时间来咨询的人还真不少，都是城里的有钱人，他们都开着小汽车，前呼后拥的。王元挺耐心地和他们解释：“只要租下一个‘绿之舍’，就可以自己养猪和鸡鸭，我们可以提供猪苗、鸡苗和鸭苗等。你周末来自己喂养，既锻炼身体又体验快乐，你走后，就由我们这里的工作人员帮助照料，等它们长成了，您就等着收获，吃到又鲜美又绿色的食品。”

这些人频频点头，其中的一个人问：“那你能保证饲料的安全吗？”

王元挺把手一指，说道：“那边就是我们的粮食基地，种植的玉米、小麦都是不喷农药的，并且只施无机肥，就以这个为饲料，这样养出来的猪、鸡、鸭、羊，您吃着还不放心吗？”一席话，把众人说得热血沸腾。

当场就有不少人签了合同。而后，王元挺让人把广告刻成光盘，在电视上和市里的一些公共场合进行播放，效果很好。他也把自己的基地命名为“绝版绿色田园”。

田园刚一建完，首批客户很快就来了，他们有公司高管、富太太、普通市民等。一开始，大都是选的养鸡。王元挺购买了上等的鸡苗，城里人哪养过这玩意儿啊，光看着好奇，不知怎么摆弄。不过这没关系，田园里有专人来进行指导，并承诺如中间有意外，田园负责赔偿。小鸡在一天天长大，快到两斤重的时候，就可以拿回家吃了。

可是有个女客户提出疑问说：“我怎么看着这些鸡长这么快啊，是不是有问题啊？”

王元挺明白她的意思，解释道：“这位女士，我们又不是按照小鸡的重量来收费，所以没有必要给小鸡喂些乱七八糟的东西。”

话虽这么说，但客户们还是你一言我一语，表示怀疑。

王元挺也不慌：“你们要是不放心的话，就跟我来。”

说着把人们领到办公室，原来这里面有视频监控。他打开电脑，调出八号房舍的视频，让那位女士看，没想到从小鸡初来一直到现在的情景，每一分每一秒都被记录着，包括工作人员是如何喂养的。怕他们不放心，王元挺又调出一个视频，是远处的庄稼地，从工作人员下种到收割，果真是没有打药。他又把镜头一转，就到了磨面粉的地方，照样是一览无余。“这下你们该放心了吧？”众人对“田园”的这种做法表示赞赏。

尽管如此，让王元挺大吃一惊的是，再来的时候，竟然有很多人带着自己的饲料，要求工作人员用这个来进行喂养。王元挺摇着头无可奈何地说：“都是让人给坑怕了。”不过他也乐意这样，因为这一来就可以减少了自己的成本。人们需要把鸡杀好了再带回去，王元挺也早把这个想好了，有工人专门做这件事情，而且采用的是最人道的杀鸡法，鸡没有一点痛苦就被解决掉了。

“绝版绿色田园”很快成了一家明星企业，经过一年的运营，客户更多了，养的东西也更齐全了，有猪、羊、肉鸽，甚至有的还养了牛和驴。“田园”也成了当地的一张名片。

这天，县长陪同上级领导来检查，来的是副市长。副市长来县里视察连声招呼也不打，弄得县长有些抓瞎，参观完县里的一些企业后，都没有给副市长留下什么印象，县长就主动介绍“绝版绿色田园”的事情，副市长很感兴趣，表示要去看看。

可是不凑巧的是王元挺有事出差了，一时半会儿回不来，工作人员只好把他老爸王一鸣请来。领导们参观了“田园”，感觉很美，很有创意，副市长的兴趣也很高。副市长说：“看了‘绿色田园’，我有种回归自然的感觉，这很不错。你们今后应当加大扶持力度，也希望‘田园’能够继续做大做强，为城里人提供一个健康食品的供应站……”

王一鸣说：“领导对我们的要求很高，不过恰恰相反，我们正准备缩小规模呢。”

副市长有点疑惑，这时县长忙接过话去，说道：“王经理的意思是要先做到小而精，等时机成熟了，再考虑做大做强。”

副市长点点头表示理解。

王一鸣却没有给县长面子，而是继续说：“我想问领导个问题，好吗？”

副市长很平易近人，说好啊，你随便问。

王一鸣就不客气了，问道：“你们知道市民为什么来这里吗？”见领导有些犯难，他就自己给出了答案：“是因为人们对什么都不放心，所以才来这里自养自吃。”

王一鸣说完，副市长伸出了手，激动地说：“你说得好啊，要抓紧整治食品领域存在的问题。”

王元挺回到家里，见了爸爸，就是一肚子气，说道：“爸，您老是糊涂了吧，嫌你儿子挣钱挣太多了是吗？”顿了顿继续说，“现在可怎么办？”

王一鸣也不搭话，等儿子说完了，气消了，才说：“放心吧，‘田园’的客户不会减少的，现在媒体报道这件事情，只会增加‘田园’的知名度。”看着王元挺担心的眼神，王一鸣继续说，“规规矩矩做生意才是正道，这样赚的钱用起来才问心无愧。”

王一鸣低头不说话，良久才说：“知道了，爸。”

## 都是谨慎惹的事

阿雯在家具店里看上了一套书桌，快上小学的儿子正好能用上，于是就定了一套。她交了定金后，留下自家的详细地址和手机号码，还跟老板说好了，下午家里有人，可以送货的。但是阿雯在家里一直等，货还没有送来，就打电话催了几次，老板总说现在太忙，让她稍等，这一等就天黑了，心想今天送货的可能性不大了，于是就洗了澡，然后陪儿子看电视。正在这时，外面响起了敲门声。她从猫眼里一看，是两个男人，旁边放着一个大纸箱，估计就是买的书桌。

“妹妹，快开门，我们是来送书桌的。”外面人大声喊道。

阿雯一听，正要开门，这时忽然想起，老公出差，只有自己跟儿子在家，要是碰见坏人该怎么办，于是喊道：“你们明天再来吧。”

可是送货的人不干了，说道：“妹妹，我们跑了这么远的路送来，这书桌又大又重，您住在四层，都快把我们累死了，麻烦您开下门，不超过五分钟就能装好。”

阿雯一下没了主张，于是掏出手机跟老公打电话，询问处理的办法。

老公先表扬了她警惕性强，然后问她："你现在穿着什么衣服啊？"

阿雯说："刚洗完澡，穿着裙子呢。"

老公说："那可不行，你赶紧换上裤子。"

阿雯快哭出来了，说："你回来不行吗？"

老公回答道："你开玩笑吧，我现在离家两百多公里呢。"

阿雯只好按照老公说的做。放下手机，在裙子里面穿上裤子。想想不行，又把外面那条薄裙子脱下来。即使这样，阿雯仍然不放心，还是劝两个小伙子先回去吧，明天再说。

他们却央求道："我们都在小区的门卫那里登记备案了，您完全放心，不会有任何事情的。"

阿雯打电话跟老公汇报说自己已经换上裤子了，急切地问："下一步该怎么办？"

老公说："你不要挂断电话，这样家里发生的一切我都能听见。好了，现在去开门。"

阿雯没有立刻开门，而是到厨房里把一把水果刀揣在兜里，然后才去开。两个小伙子松了一口气，然后就是一阵忙碌。阿雯的老公在电话里听得真切，没有什么异样，只是搬东西的声音，正当他要挂断电话的时候，突然听见电话里传来老婆"哎呀"的声音，随之电话挂断了。他心里一惊，忙再打过去，可是没有人接。他想：坏了，坏了，一定是出事了，这两个人还真大胆啊。于是就打电话给离他家最近的两个哥们儿，让他们过去看看，实在不行就报案。

阿雯老公不知道的是，两个小伙子把书桌装好，刚准备离开时，儿子突然被他们的工具箱给绊倒了，头正好撞到一旁的凳子角上，血也随之流了出来。阿雯吓呆了，就按掉了手机，一个小伙子眼疾手快，就马上把孩子抱了起来，喊了句“坐我们的车去医院！”阿雯就跟着下了楼，连手机都没有拿。

另一个小伙子发动汽车，直奔医院而去。一路风驰电掣，来到急诊室，进行了包扎。忙了大约一个小时，两个小伙子才把阿雯母子送回家。等阿雯到家的时候，发现家里的防盗门打开着，锁已经坏了，老公的两个哥们儿阿强和阿光正在里面焦急万分地等着呢。他们一见阿雯，喜出望外，再看看头缠绷带的小孩，不解地问：“这是怎么了？”阿雯就把事情的来龙去脉说了一遍。

阿光一拍大腿，说道：“你老公还以为出大事了呢，就让我们来看。我们敲了半天门，见里面没反应，就拿了工具把门给撬开了，进来一看，发现地上有血，就报了警。”

“你们报警了？”送家具的两个小伙子吃惊地看着他们问道。

阿强点点头，说：“你们赶紧回去吧，警察按照你们在小区门口登记的地址，已经到你们店里去了。”

他们慌了神，赶紧回店里，老远就发现两辆警车停到门口。他们慌里慌张地过去。老板一看见他们，大声喊道：“他们回来了。”

几个警察一下子把他们围住，他们连忙说：“误会，误会，这一定是误会，我们是做好事呢。”说着就把事情讲了一遍。

末了，他们对老板说：“这么兴师动众干啥啊，打个电话不就行了吗！”

老板生气地吼道：“要是打通才怪呢，你们的手机一个关机，另一个一直在占线！”

一个小伙子下意识地掏出手机来看，然后说道：“嗨，我的手机没电了。”

“那你的呢？”老板问道。

这个小伙子小声说道：“我在车上给我妈打了电话，说我们的工具箱把人家的孩子给绊倒了，正在送医院。我妈比较小心，她怕主人会赖上我们，就让我不要挂断电话，说这样就可以随时掌握情况，要是真赖上我们，她就会联系我的七大姑八大姨来给我助威……”

话还没有说完，旁边响起了一个女人的声音：“我儿子说得没错，这不，听到事情闹大了，我就赶过来了。我和你们说啊，今天这事还真不怨他们两个，是小孩子自己碰得工具箱的，不过，我今天给你这个当老板的提个建议，要想让我儿子继续在这里干，就得为他买保险，最好再在车上装个北……北斗导航系统什么的。”大家一听哭笑不得。

再说阿雯这边，看着被砸坏的防盗门，她一筹莫展，对阿强和阿光说：“你们谁都别走了，今晚就在门口给我们娘俩站岗。”

阿强和阿光一听，都傻了。

阿雯继续说：“还有，为了不让我老公误会，你们先跟他把事情说明白，然后一直保持通话状态，让他了解你们的一举一动。”说着故意亮了亮兜里的水果刀。

阿光和阿强欲哭无泪。

## 真实体验

### 启动新项目

李晓健原先经营着一家饭店，但是因为位置不理想，只能是惨淡经营。老婆催促让他快换个新项目，他苦思冥想也不知道该做什么。不过后来朋友说的一件事倒提醒了他。原来那个朋友的父亲是一位刚刚退下来的企业工人，因为久在工厂，所以很不习惯离开岗位的生活，脾气暴躁、情绪低落，生活质量急剧下降。

李晓健开动脑筋，并查阅了大量的资料，发现不少人都有这样的情况，突然离开原来的岗位多多少少会有些不适应，以致会影响健康。

“商机来了。”李晓健说干就干。他的饭店离城区不远，占地面积很大，建筑风格也是四合院式的，而且周围还有一个属于他的度假村。于是他把饭店的招牌去掉，重新设计装修，并在门口重新挂了一个大牌子，上面写着：颐年健康体验会所。会所的宗旨就是尽量给退休老人营造一个逼真的环境，让他继续体验工作时的感觉。这让很多人心动，来咨询的大多都是一些退休老人的子女，有人当场就交钱办理了“入会”手续。

## 有客自远方来

会所接纳的第一个客户是一名退休老厂长。老厂长情绪很不好，动不动就发脾气，看什么都不顺眼。老厂长的儿子和儿媳妇都忙着做生意，他们把父亲送过来，跟李晓健说：“只要让老爸过得舒心健康，除了正常的会费，还会有额外的感谢。”李晓健说：“你们放心吧，我们一定会让老爷子满意的。”

老厂长被领进一间非常大的豪华办公室，桌子上摆放着一杯刚沏好的浓茶和当天的报纸。老厂长在真皮椅子上坐下，刚拿起报纸来准备阅读，外面响起了敲门声。一个穿西服的年轻人走了进来，手里拿着一份文件，径直走到桌旁，毕恭毕敬地递上，说道：“厂长，请您签个字。”老厂长接过来，稍一过目，就签上了自己的大名，然后非常惬意地继续看报纸，读简报。中午，来到餐厅，早就准备好了一桌非常可口的饭菜，大家在推杯换盏间对老厂长极尽奉承恭维之能事。老厂长高兴得合不上嘴，一个劲儿地夸奖这里的工作做得扎实。

晚上，老厂长的儿子从外地打来电话，对李晓健说老爷子非常满意，并商议了下一步如何做。

第二天一大早，老厂长刚坐下来，桌子上的电话就响了起来，秘书接起来，一听，冷汗就出来了，然后焦急地对老厂长说："北区一处生产场地出现了火灾事故！"

"乱弹琴！备车！"老厂长一声令下后，就马上出门。

门外，早有一辆豪华驾车在等候了。老厂长和秘书上车后，"七拐八绕"地就来到了事故现场，只见许多人正在抢修，一名自称总经理的人赶紧来汇报事故经过。老厂长将他劈头盖脸地训斥一顿，当得知事故没有造成人员伤亡时，老厂长这才放松了紧皱的眉头，指示要抓紧做好灾后员工抚慰工作，并对相关负责人进行了严厉惩处。

之后的几天里，又加了些新的项目，那就是娱乐方面的，比如打桥牌、打篮球什么的，并组织了几次短途旅游，让老厂长尽量松弛，以求慢慢过渡到退休状态。

以上这些，除了旅游是真正出去之外，其他项目都是在会所和度假村完成的，如果这期间需要一些开支花费的话，款项也都是由客户的家属暗中打到会所的账户上的。

## 名声大噪

这期间，又来了一个客户，姓张，曾是一名副总。面黄肌瘦，年纪不算很大，可步履已经有些蹒跚。他女儿见到李晓健，有点不好意思地说："我爸爸现在之所以很着急上火，是因为退休之前本来'转正'的希望非常大，但是没想到被别人顶了。你看看能否在这上面做做文章，让他高兴起来。"李晓健心领神会，表示没有问题。

张副总先被领进一个下属单位。早有几十个人在列队恭候，大家鼓掌欢迎，并高喊“热烈欢迎领导莅临指导”之类的话，紧接着是几声炮响，还有气球升空。天哪，这不就是欢迎一把手的阵势吗？以前自己下来检查工作时，顶多就是挂个欢迎条幅而已。张总下意识地直了直身子，挺了挺胸脯，满面春风，一扫往日的失落情绪。

接下来，张总被安排讲话。早有秘书送过来一个讲话稿。他讲得行云流水，并加有自己的临时发挥内容，真是滔滔不绝，令人折服，台下的欢呼声此起彼伏。回到“公司”，他被领到一间挂着“总经理”牌子的大办公室。

在家里，连续几个晚上，他都要接待几拨客人，这在以前是从来没有过的。张总吃饭多了，生活也规律了，脸上慢慢红润起来。

会所也一下子名声大噪了起来，有时一天就要来十多个客户。其中有个姓严的女士很特别，她是由女儿和女婿送来的，不过一看气质和打扮就不像做过领导的。看着李晓健疑惑的目光，她女儿把他叫到一边介绍道：“我爸爸从公司领导层的位子上退下来后跟着我哥出国了，可是我妈妈不愿意去。她原先经营着一个百货店，生意兴隆，可是现在呢，只能用门可罗雀来形容，为此我妈妈伤透了心。劝她关门吧，她执意不肯，这不，茶饭不思，人也消瘦了很多，还生了一场大病。在医院里住了半个月，我们就瞒着她把商店给卖了，可是我们很担心，怕她知道了真相，会受不了的。其实我们根本不在乎挣钱多少，也不缺那个钱。你一定想办法让老人家高兴起来。”

李晓健略一沉思，让他们办了入会手续。不过他们办的不是全天，而是白天在会所体验，晚上回家去住，类似于幼儿园里的“半托”。

李晓健让人立即布置了个商店，里面摆满了各种高档的烟酒和日用品。服务员把严女士领进了商店。严女士一下子来了精神，她在店里左顾右盼，这时候，门口来了一辆小汽车，从里面下来两个人，大声喊道："严阿姨，我们要五条大中华，十瓶茅台。"严女士这才高兴起来，干净利落地取出货。下午又来了一拨人，照样是买名烟名酒，打欠条。一周后，才由工作人员来还钱。数着一沓一沓崭新的票子，严女士两眼放光，甭提多高兴了。

可是这样又过了几天，严女士好像又有些心烦了，工作人员请示该怎么办。李晓健拿起电话跟她的女儿做了沟通。于是店里就隔三岔五地来个人，进门就问："刘董事长好吗？"然后做自我介绍，并说明来意，大多都是想商业合作，有的是为子女找工作的。每次严女士都会说："我家老刘都是按照公司规章办事的。"这时，客人就会象征性地买包烟或者拿瓶酒，当然留下的钱都很可观，少则数千，多则十多万。严女士就会眉开眼笑地说："这事我跟老刘说说。"没有多久，严女士身体就恢复得很好了，人也年轻了很多。女儿和女婿都很满意。

## 震惊之举

这天，来了一个外地的李姓退休工程师，被子女送来的时候，满头白发，还胡言乱语。他的孩子们说老人家已经三天没有吃东西了，送进医院又偷偷跑了出来。没有办法，听人介绍后就抱着一线希望来到了这里，希望李晓健能全力帮忙。李晓健连忙摇头叹息，说老爷子这种情况已经很严重了，难恢复。但经不住他们的一再请求，他最后开出来个不菲的价码。孩子们二话没说就去办好了手续。

李晓健亲自上阵，制定科学的计划，并用以往的经验，先让他到“各地”视察一番，逐步恢复到正常的生活状态。一周后，当孩子们再来看他时，老人家已经是红光满面，笑逐颜开了。他们对李晓健竖起了大拇指，谢了又谢。

与其他人不同的是，这个李姓工程师电脑用得很熟练，平时上上网、画画图。他经常把自己关在办公室里，一待就是大半天。

这天下午，他在办公室里大声问道：“近期怎么这么清静？没有来谈工程的吗？”

秘书赶紧推门进去，嗫嚅着不知该如何回答。秘书立即将这件事情反映给李晓健，李晓健哈哈一笑，说道：“那就给他找点事情干。”于是专门拟定了计划书，交给下属去办。

傍晚的时候，秘书敲开李工程师的门，很焦急地汇报道：“前几天，公司有个棘手的工程，难以开发，很多人都撂了挑子。马上就要到截止日期了，您要不要看看？”

李姓工程师马上严肃起来，说：“这不是瞎胡闹吗？赶快把项目文件拿来给我看！”

秘书吓得伸了伸舌头。

几天后的早上，李晓健让几个工作人员装扮成项目合作人，来到指定地点，手里都拿着材料，非常逼真。一会儿，李姓工程师来到现场，忙着跟大家解释，并将自己前几天画的草图给他们看。

“甲方”看过李工程师的图后都很满意，大约洽谈了半个小时。呼的一声桌边一根木棍倒下，正好砸到李工程师的头部，他立刻就倒下了，地上流了很多血。这时已经有人打了紧急求助电话，不一会儿，120 急救车开来把人救走了。

李晓健看看病床上的李工程师，自言自语道：“还好只是擦破皮，不然麻烦可就大了。”

李晓健都呆了，深感后怕。他打电话把李工程师的儿子喊过来，并表示歉意。

小伙子看老爷子没啥事，而且听语气，他在这里待着蛮开心，就赶紧说："李老板，以后安保工作多多上心就行。"

李晓健很懊恼，嘱咐手下以后要重视设施安全检查，不能敷衍了事，让退休老人们在这里能安全舒心地去"真实体验"。

# 富二代的致富路

刘孜原是个富二代，他爸爸刘一祯开了家很大的工厂，生产“飞驰”牌农用车，每日忙得不可开交，很需要有个帮手。但是刘孜原很不争气，他高考落榜，只能去上个技术学校学些技术。于是他爸爸给他找了个比较有名的技校。一开始还行，但是半年以后，刘孜原就露出了庐山真面目，接连打了几次架。最后这一次是刘孜原的爸爸亲自去处理的，因为刘孜原把同学的头给打破了，缝了几十针，差点出了人命。赔偿完后，学校就让刘孜原办了退学手续。

在路上，刘孜原一个劲儿地跟爸爸道歉，说以后一定改，这真的是最后一次了。他爸爸说，你这话糊弄了我十几年了，耳朵已经磨出老茧来了。听爸爸的口气，刘孜原这才意识到这回真完了，回家肯定没有好果子吃，要不是车速快，他都想跳车，然后逃之夭夭。但奇怪的是，回到家里，爸爸没有像以前那样把他暴打一顿，而是根本没有理会他。那晚，他听到爸爸和妈妈几乎吵了整整一个晚上，都是相互指责。爸爸说这孩子没救了，妈妈恳求再给他一次机会。刘孜原把头缩进被子里，连大气都不敢喘。在他的记忆里，这是父母第一次这么激烈地争吵。第二天，妈妈从卧室里出来的时候，眼睛红肿得厉害，不用说，她哭了一晚上。不一会儿，爸爸也出来了，刘孜原吓得赶紧退回自己的屋里。

后来，他战战兢兢地走出来，站在客厅里一动不动。“我错了。”他小声说。

爸爸打断他的话说：“不，是我错了。”爸爸的声音不大，但是却像惊雷，差点把他击倒。“是我对你太纵容了，太溺爱了。你或许也听见了，昨晚我跟你妈争吵的全是关于你的前途问题。我的意见是从今往后，每月给你两千块钱，但是不能踏进厂子里半步，就在家里好好待着。可是你妈妈非要你到厂子里去锻炼锻炼。像你这样的，还有锻炼的必要吗？”

说这些话的时候，妈妈在一旁抽泣着。刘孜原赶紧走过去用纸巾帮妈妈擦眼泪。

“我要到厂子里去干活，”刘孜原声音大了些，“我不想再混下去了。”

听了他这句话，妈妈也停止抽泣，再次帮着他求情。

爸爸沉默了好大一会儿，一字一顿地说：“你回老家吧！”父亲的话充满了威严，没有半点讨价还价的余地。妈妈还想说话，爸爸已经打电话给司机，根本不理会她。想了想，爸爸又说：“如果你能在一年的时间里，靠自己的本事挣够两万块钱，再回来跟我说话吧。否则，一切免谈。”说完就找出来一张白纸，拟了一份合同。刘孜原去找印泥，回来的时候却惊得张大了嘴巴，爸爸已经咬破了手指，按上了手印。他也只得乖乖地在上面按了手印。“做不到的话，你该干啥就干啥去，别来烦我！”爸爸临走留下的这句话，让他彻底掉进了冰窟里。

“妈妈，你说怎么办？我不想回老家。”刘孜原哀求道。

妈妈擦着眼睛说：“看来只有这个办法了，我真帮不上你了，你爸爸的脾气你是知道的。”

爸爸说到做到，一个小时后，司机就来接他了。妈妈偷偷把两千块钱塞进了他手里。

他被送到了老家的堂叔那里。堂叔已经知道他要来了，给他安排了住所，然后领着他来到山后，指着一块地说：“这是一亩地，你种半亩，我种半亩。半年后，看谁的产量高。”

“那种什么？”他问。

“这些地最适合种花生，种子我都准备好了。你的运气不错，上星期我已经耕过了，否则光耕地也得把你累个半死。”

堂叔手把手教他如何撒种，如何浇水，如何填埋。半亩地整整种了一星期，把他累得腰酸腿疼。每次在他要放弃时，爸爸的电话就会及时打来，告诉他要是现在后悔还来得及，他都是把牙一咬，说不后悔。乡村的生活是枯燥的。电视就那几个频道，找不到几个自己爱看的节目，让人抓狂。年轻人要么出去上学，要么出去打工，根本找不到合适的人陪他玩。好在手机能够上网，他每日就靠玩手机打发日子。

“该到地里去拔草了。”堂叔提醒他。

他说：“前几天刚去地里看过，没有草。”

堂叔说：“那是雨前，这刚刚下过雨，草会疯长的。”

他连头都没有抬，说没有这么神奇，再等几天吧。两个星期后，堂叔拽着他来到花生地里，他几乎不敢相信自己的眼睛，以为走错地方了。以前是花生地里长了几棵草而已，现在却是草地里长了一些花生苗。花生苗一棵一棵蜷缩在草的下面，可怜兮兮地看着他，等着他救命。再看看堂叔的地里，连一棵草都没有。

堂叔教训道："看什么看，要是听我的话，早来几天，这草就长不起来了！"

"那该怎么办？"他向堂叔求救。

"还能有什么办法，只能除草。"堂叔说着递过来了工具。

一开始，他根本锄不到草，倒是连着锄掉了好几棵花生苗。堂叔心疼不已，教给他该怎么下锄。没干多久，他就大汗淋漓，直喊受不了。堂叔说："受不了也得受，否则花生就被草给吃掉了，连一斤花生也收不到。"堂叔连逼带哄，陪着他干了好几天，才把草锄干净。草地终于变成了花生地。以后他再也不敢偷懒了，只要下过雨，就来锄草。

"如果丰收了的话，我这块地能挣到多少钱啊？"他问堂叔。

可堂叔的一句话让他心里拔凉拔凉的。

堂叔说："怎么也得挣一千块钱吧。"

辛苦半年，只挣一千块钱？他原以为这么多花生，怎么也得挣上万块呢。堂叔说农村里日子不好过，辛辛苦苦一年，收入却少得可怜。"要想完成你爸爸交给你的任务，只能再找找别的门路了。"堂叔向他建议。

可是该干什么好呢？他在村里转了好几圈。村子倒是蛮大的，但是几乎没有什么资源，农闲的时候，村民们只做一件事，那就是编竹编，具体有竹筐和竹篮等，这些东西在村民家里挂得到处都是。可是他问过了，这些竹编不仅销路不好，而且价格奇低。"叔，要不您把我拉到市场上卖钱吧，反正我是没有办法了。"

"你帮我们把这些竹筐和竹篮销出去，不就赚钱了吗？"堂叔说。他眼前一亮，对呀，自己的一个同学家里就开有超市，要是能把货放进去，说不定就能赚钱呢。说干就干，他连忙打电话给同学。同学说可以先看看货。于是他把照片发过去，一会儿同学就回话了，说这么粗老笨重的东西在城里根本卖不动，并建议他弄些精致的，如水果盘、小菜篮这些东西，在城市的家庭还是很受欢迎的。他让同学发来了这些小产品的照片，然后指导村民编制，效果还真不错。但是过了一段时间，同学打来电话说，这些东西卖不上去价格，原因是做这个的太多了，要想多挣钱只能干别人没有干过的。

有一天，刘孜原看一部谍战片，发现电影里有一种暖水瓶，外面的壳是用竹条编制的，这种老式的东西现在见不到了。他突发奇想，这种外壳价格低廉还环保，要是做出来，说不定还大受欢迎呢。他问堂叔这种东西村民能不能编。堂叔看了看，说村里有个老艺人，以前编过各种各样的工艺品，说不定他会呢。于是他们去找那位老艺人。老艺人说自己以前就靠编这个吃饭呢。刘孜原非常欣喜，他请这位老艺人出山，先弄了十多个样品发到同学家的超市，效果竟然出奇好，很快被抢光。老艺人手把手教会了大家。刘孜原想跟厂家合作，厂家负责供应暖瓶胆，他负责竹壳。后来他改变了想法，从厂家批发了暖瓶胆，然后自己装上村民们编的竹子外壳，这样利润就增加了很多。不仅好几家超市给他打电话要货，连酒店、饭馆、影视基地都纷纷前来洽谈生意。

花生还没有收获，他已经赚够了三万多块钱。他留出自己的两万块，把剩下的都给村民们发了福利。村民一个个向他竖起了大拇指。堂叔外出了，他跑到地里把草又认认真真地锄了一遍，然后打电话说："叔，这些花生都归你了，谢谢你教给了我很多。"然后就坐公共汽车回城里了。

刘孜原像个打了胜仗凯旋的将军，把这些钱放在父亲面前，然后拿出合同，让父亲给他安排工作。父亲十分忧愁地说："我们的新产品刚刚上市，但是因为竞争激烈，效果不理想。这样吧，我给你三个月的时间，你只要卖掉十辆农用车，就可以做销售经理的助理。"

刘孜原想了想说道："这样吧，我用这两万块钱先自己买几辆车，三个月，我保证卖掉二十辆车。"

父亲吃惊地看着他，劝道："可不能说大话，这也是要签合同的。"签就签，他二话没说，就办好了所有的手续。

他让人把买下的几辆车运回老家，给了堂叔一辆，剩下的几辆给了另外几名村民。他没有像其他厂家那样在农用车上挂个大牌子，安上高音喇叭来来回回做广告，只是让堂叔他们每天开着车免费帮缺少劳动力的家庭干农活，每个村帮十户，一个月的时间就把全镇的困难户帮完了。华丽的车身、先进的性能很快就在村民们的口耳相传中家喻户晓了，"飞驰"的牌子也深入人心了。两个月没到，就卖掉了三十多辆，一下挣了十几万。刘孜原也顺利走进了父亲的厂子。

上班的头一天，爸爸让他坐在讲台上给新来的员工讲课。他给大家讲了自己的亲身经历，他讲道："就拿给花生除草这件事来说吧，人生真的不能等，地荒了，耽误一茬庄稼，人要是荒废了，这辈子可就缩水了。"提到卖竹编暖水瓶外壳和卖车的事情，他更是充满了自豪，说："只要肯动脑筋，认真观察，处处有机会。"

看着儿子的成就，刘一祯对妻子说："看来当初你是对的。"

妻子说："孩子总是能够管教好的，以前我们是方法不对，要么暴打，要么无原则地进行表扬。当着他的面表扬或者批评不见效果的时候，换个方式就有了奇效。"

## 我的青春我做主

大院里的叔叔阿姨们都叫她的小名：妮子。妮子今年十八岁，身材苗条，长得漂亮，绝对称得上人见人爱、花见花开。她刚卫校毕业，那是所中专。二十年前中专比现在的本科还难考，如今却是没有办法的人才去上的那种学校。

可是人们怎么也无法理解，上幼儿园和小学时那么聪明伶俐的妮子，怎么就上了个中专呢？还记得四岁时她就问了大人们一个问题：警察叔叔往天上开枪，子弹头会落下来砸在人们头上吗？这个问题愣是难倒了一大片人。

其实只有她自己知道，初二时，受同桌的影响，她一度迷恋上了看武打小说，下课看，上了课也看。起初她用很传统的那种方式，把小说压在课本下面看。但是由于暴露率太高，被老师没收了好多本，心疼得她直咬牙，后来就把复习资料的封面拆下来包在武打小说上。这招果然管用，老师还夸她学习资料看得多，爱学习。武打小说看得多了，她说话的口气也硬气了不少，班里很多人都对她刮目相看，连男生也要让她三分，之后竟然很快成了老大。直到初三毕业时，她才后悔得要命，自己几乎什么都没有学。可是时光如流水，后悔也晚了。

本来妮子家已经进入了小康生活，并快速奔跑在更加富裕的金光大道上。她妈妈在一家企业当会计，这家企业效益每况愈下。反正金融危机是个筐，什么都可以往里装，于是这家企业就借机倒闭，实际是被贱卖了。本来她妈妈可以到爸爸的工厂去上班的。爸爸经营着一家塑料制品厂，原料与石油有关系。这也是他最大的不幸，因为去年石油价格逼近一百五十美元的时候，许多专家预测油价很快就会突破二百美元。于是他就贷款提前进了很多原料，在周围人夸他有战略眼光时，石油价格很快降到了不足五十美元。他赔得很惨，自己十几年打拼的家底赔得干净，简直就要跳海了。

妮子整天闲在家里也不是办法，于是就做做饭打扫打扫卫生，这可抢了妈妈的工作。再说她做的那饭，要大饿两天以上的人才能勉强吃下。

妈妈说："赶紧找个男朋友嫁了算了，省得在我眼前晃得难受。"

妮子把眼一瞪："要嫁你去嫁好了，我还要创业呢。"

妈妈先训她没大没小，又笑她："还创业呢，现在连本科生都不好找工作。你还想重温你爸爸的辉煌啊？"

妮子说："我要超过老爸。"

妈妈笑得前仰后合，爸爸在一旁说道："有志气，老爸支持你。"

妮子问了几家个体小诊所，想发挥自己的专业，干个护士什么的。有三家说可以录用她，但月工资没有超过三百的。她火了：这不是打发要饭的吗！自己以前每月的零食花费还要超过三百呢。于是她想开个药店，但是满县城的药店不少于一百家。

晚上回到家里，汇报自己的“战果”时，妈妈说：“算了，帮我买买菜吧。学会了讨价还价，还能省点钱呢。”

妮子很不屑：“电线杆子是死的，人是活的。”

第二天，妮子就骑着电动车围着县城继续转，大半天也没有什么收获，还是不知道自己究竟该干什么。她很恼火，一气之下吃了四根雪糕，把牙齿冰得都快失去知觉了。眼看就要转出县城了，那边有几个老太太在看孩子，有几句话传到妮子的耳朵里，“现在的小孩子没有几个会爬的，可是爬对孩子好呢。”起初妮子没把这几句话放在心上，就继续骑车，可是耳边又回想起这几句话来时，一下子就有了主意。

妮子很快就黏上了大院里的一些奶奶和大娘大婶，非要她们教她几招，就是如何让婴儿爬行。奶奶和大娘大婶一个个觉得很惊奇，连连说道：“妮子，什么时候订婚的，我们咋就不知道呢，到时候可别忘了请我们吃喜糖啊。”

“妮子，羞不羞啊，还没有结婚呢，就先考虑孩子的事情了？”妮子笑而不答，只管让她们教。

晚上，妮子在电脑跟前忙了很久，出来时，眼睛直直地，问道：“妈妈，你说实话，我小时候会爬吗？”

这个离奇古怪的问题把妈妈吓了一大跳，忙摸她的额头，不烧。连忙说：“你会爬啊，不过是在两岁以后。”

妮子一听急了：“怪不得我没有考上清华、北大呢，原因找到了。”

爸爸也过来摸她的额头，还是不烧。妮子说：“你们那时候咋就这么无知呢，会爬的小孩聪明，知道不？我就是让你们给耽误了。”

说着递过一叠纸，上面写着关于婴儿爬行的诸多好处。妈妈和爸爸面面相觑，不知道是怎么回事。

妮子把手一伸："算了，我也不给你们计较了，谁让你们那时候没有文化呢。但是作为补偿，你们需要拿出五千块钱来，给我租间房子。"

原来妮子要开个门面，专门训练婴儿爬行。此言一出，让爸爸和妈妈不知所措，他们还是头一次听说这种事情呢。妮子就跟他们上了一课，他们也听得热血沸腾，真没有想到婴儿爬行还有这么多好处，老爸自言自语地说："有空回老家的时候，我得问问你奶奶我小时候是否会爬。"他真后悔这店开晚了。于是给女儿拨款，瘦死的骆驼比马大，拿出这点钱对她家来说还不是很困难。又加了三千上了几套设备，也就是垫子之类的东西。

下面就是取名了，妈妈说："就叫'婴儿爬行训练营'吧。"

爸爸说："怎么听起来像个特务组织啊，不行，叫'婴儿爬行乐园'。"

但是妮子的头摇得像拨浪鼓一样，想了好一会儿才说："就叫'宝宝乐园'吧。"后来，实践证明妮子取的这个名字是有眼光的。再接下来就是打广告做宣传了。妮子花钱印了很多海报贴出去，上面写得极具诱惑力，让人读了感觉不带小孩去她那儿就不行。

妮子的店终于轰轰烈烈地开张了，可是没有像她预料的那样。她原以为会顾客盈门，热闹非凡，她甚至已经想到如果玻璃被挤坏了该怎么办？等了三天愣是没有一个上门的。难道自己的这条路走错了吗？她一遍一遍地想，又一遍一遍地给否定了。

终于，第四天，有个老太太抱着小孙子来咨询了。妮子高兴坏了，就像迎接国家元首一样把两位请进来。老太太脸上满是问号，问了不下五十个问题。妮子口干舌燥，恨不能赶紧进入工作状态，但是老太太紧紧地抱着孙子就是不撒手。妮子真想把小孩抢过来让他练，以显示一下自己的能力。最后谈妥了价格，若是能在半月之内教会小孩爬行，就付三百元。老太太这才犹犹豫豫地把九个月大的小孙子放在垫子上。

终于可以一显身手了，妮子先把小孩逗了一大通，又极尽表扬之能事，把小孩夸了一顿。然后进入实战阶段，开始先让他趴在垫子上，可小孩却不留情面地哇哇大哭起来。这倒是在妮子的预料之中，于是启动预案，让孩子先翻身，但是孩子根本听不进去。

妮子急了，说道："怎么，非得逼着我说普通话吗？来，翻身。"

老太太却盯着她说："你就是说什么话也白搭，他还什么也听不懂呢。"

妮子这才不好意思地挠了挠头。

练了一阵子，多少有点起色，小家伙能够自如地翻身了。老太太和妮子都很高兴。可是这时，小家伙却旁若无人地尿了起来，而且尿得畅快淋漓，气壮山河，妮子心疼地大叫："我的新床垫子啊。"但是已经来不及了，大半个垫子已经成了地图。老太太不好意思地说："小孩在家里喝的水不少。"课间休息时，只是刚倒上一杯水的时间就出事了，小孩一下子翻过去不小心碰在了墙上，把头碰破了。老太太心疼得直掉泪，不知道如何是好。还是妮子反应快，她抱起孩子就向外冲，在她的记忆里，附近就有一家个体诊所。看过武打小说的人就是不一样，速度奇快。只听见在后面跟着的老太太一直喊着："等等。"妮子让医生给包了头，又在路边店里买了两包尿不湿算作礼物，老太太这才没说难听的话。

晚上，妈妈问她挣了多少钱。她回答得很干脆：四十块。妈妈刚要高兴，她紧接着又蹦出了一句：负的。当过会计的妈妈一听就明白了，但是她不明白怎么还会赔本呢？妮子一咧嘴哭了起来。

弄清事情真相后，老爸说："这有什么啊，失败是成功之母。"爸爸的鼓励如一缕春风，让妮子情绪好了许多。爸爸紧接着说："不过孩子，我告诉你个故事：有个不讲卫生的饭馆卖凉菜，顾客吃了经常拉肚子，于是饭馆老板就想了个办法，在旁边开了个卖泻痢停和 PPA 的小店，于是老板一下子挣了两份钱。看来你也得在旁边开个小诊所啊。"

这番话让妮子气得转身进了自己房间，愣是两个小时没有出门。后来她出来了，说道："老爸，姜还是老的辣，你是真正的老姜。你一句讽刺挖苦的话让我茅塞顿开，我给你做你最喜欢吃的荷包蛋去。"

老爸这才略带尴尬地说："这就叫作忠言逆耳，说吧，还要多少投资啊？"

妮子反问："你怎么知道还要投资啊？"

"你何时让我吃过免费的荷包蛋呢？"

于是老爸又为妮子投了八千块钱，在房子的一旁，卖起了婴儿用品。什么奶粉、尿不湿、体温表、奶瓶、童车等等，她的店里琳琅满目。没想到顾客络绎不绝，成了名副其实的宝宝乐园，并且很快就见到了效益。她还实行买东西积分制，达到了一定的分数后，可以免费教爬行，而一开始挨摔的那个小男孩也成了这里的常客。

妮子的事业蒸蒸日上，大院里的老太太、婶婶、阿姨们夸道："妮子真能，小时候厉害，长大了也准成大器。不过这么好的事情，咱们怎么就想不到干呢？"

爸爸妈妈高兴得合不拢嘴。

妮子说："妈妈，你也别在家里当什么家庭主妇了，到店里给我打工得了。不会亏待你的。”

妈妈把嘴一撇，说道：“你别骄傲，要好好干，至于我，呵呵，还是当你们爷俩的饲养员吧。”

然后，妮子转身对爸爸说：“老爸，我的事业走上正轨了，你也不要一蹶不振。别总把责任都推到金融危机上啊。”

老爸躺在沙发上，用报纸把脸一盖，说道：“有妮子养着我，该享享福了。”

妮子叹了口气：“真没上进心。”说着就进自己屋里查资料去了。

其实，她还不知道。老爸的公司早已经扭亏为盈，已经开始盈利了。金融危机下，只要想办法就能见效益。